Megha Majumdar

有人想要你的影子

〔印〕梅加·马宗达

著

杨彩霞

译

A BURNING

南海出版公司

新经典文化股份有限公司
www.readinglife.com
出 品

献给我的母亲和父亲
他们让一切皆有可能

吉万

"你一身烟味。"我妈冲我说。

于是我拿起一块椭圆形的香皂使劲搓揉头发,然后拎起一大桶水浇了下来。邻居直抱怨说我把第二天早晨的供水都给浪费了。

那天实行了宵禁,每隔半小时就会有警车悄悄地驶过大街。那些被迫外出谋生的日结工回家时双手都举得高高的,以示身上没有携带武器。

我躺在床上,顺手拿起手机,刚洗过的头发湿漉漉地铺散在枕头上。这可是我用工资刚买的新手机,屏幕上贴着的保护膜还没揭下来呢。

脸书上只有一个对话框:

这些恐怖分子可惹错了地区#科拉巴干火车站袭击案#坚不可摧

朋友，你手头要是有五十卢比[①]的话，今天就别吃萨莫萨炸饺[②]了，把钱捐给——

我继续滑动手机屏幕，脸书上出现了更多内容。

这条来自《24小时》的独家新闻片段表明——

烛光守夜活动在——

我头天晚上也在火车站，那儿离我家走路用不了一刻钟。按道理我应该看见过那些人，他们偷偷溜到敞开的车窗前，往停在那儿的火车里抛掷火把。然而我只看到了熊熊燃烧的一节节车厢，滚烫的车门从外面反锁着。大火蔓延到车站边上的棚屋，浓烟侵入居民的胸腔，一百多人就此葬身火海。政府承诺给死者家属赔偿八万卢比！——你懂的，政府的承诺可多了呢。

在一个视频里，首席部长对着伸到他面前的十几只话筒说："官方正在调查之中。"有人把这一幕跟一段警察抓耳挠腮的视频拼接在一起。我笑了。

我很羡慕那些在脸书上想说什么就说什么的陌生人。他们真敢开玩笑。不管是开警察的玩笑还是开部长的玩笑，他们都能自得其乐，这难道不是自由吗？我希望再过几个月，等我升职为潘塔鲁斯公司的高级销售，我也能像他们那样

[①] 100卢比约为8.8元人民币。——译者注（本书脚注若无特殊说明，均为译注。）
[②] 萨莫萨（Samosa），以土豆泥和香料为馅的三角形炸饺。

自由。

一个视频出现在页面下方，视频中是一个女人，她的头发在风中飘动，眼圈红红的，鼻涕流到了唇边。她站在我们这座小车站倾斜的站台上，对着话筒尖声叫道："那边的吉普车里就有一车警察。去问问他们吧，为什么眼睁睁看着我丈夫被烧死？他想拽开门，想把我们的女儿救出来。他使劲拽门，使劲拽啊。"

我转发了这段视频，还加上了评论：

政府养着这些警察，可这个无辜的女人失去一切的时候，他们什么都没做。

我把手机放到枕边，开始打盹儿。天气太热，我感觉困意上来了。等我再打开手机时，只有两个赞。半小时后，还是两个赞。

后来，有个陌生女子在我的帖子下面留言：你怎么知道这个女人不是在瞎编呢？没准她是想博眼球呢！

我一下子坐起身来。这人是我的好友吗？她的脸书头像是她在浴室里的摆拍。

这个视频你到底看了没有？我这样回复她。

这个冷酷女子的话在我耳边不断回响。我感到一阵恼怒，同时也有一丝兴奋。这种情绪并非市政水龙头不出水时，或者在最炎热的晚上停电时会产生的那种懊恼。说起来，它不也是掩盖在不安之下的一份悠闲吗？

对我而言，今天毕竟是个休息日。妈妈在厨房做鱼，鱼个头太小，我们都是连骨带刺地整条吞下去。爸爸在外面晒太阳，好让他的后背不那么疼。

我滑动手指，屏幕上关于袭击火车站的帖子下面出现了五十个赞，一百个赞，两百个赞，却没人给我的评论点赞。

接下来，在这个小小的、发着光的屏幕上，我写了一句蠢话。其实是一句危险的话，像我这种普通人连想都不该想，更别说写出来了。

原谅我，妈妈。

要是警察不帮助你我这样的普通人，要是警察眼睁睁看着普通人命丧火海，这是不是意味着，我在脸书上写道，政府也是恐怖分子呢？

门外，有个男人在缓缓地蹬着人力车，唯一的乘客是他的孩子。为了哄她开心，车夫鸣起车铃，一路叮当作响。

爱儿

星期日早上！该去上表演课了。我扭着屁股走在马路上。路过番石榴摊时，我冲摊主喊道：

"老兄，几点了啊？"

"八点半。"他嘴里嘟哝着，看样子有点不情愿告诉我手表上的时间。不理他。我不再走我那漂亮的台步，而是风一般地狂奔到火车站。上车后，我把手放到胸前和额头上，为前些日子在这个车站命丧黄泉的可怜人祈祷。

"谁在挤啊？"有个阿姨大叫道，"别挤了！"

"这个海吉拉[①]就不能去别的车厢烦人吗？"卖花生的小贩发出了尖利的嘘声，好像我没长耳朵一样。

对于我这样的人，一切都不容易，就连在火车上待一个

[①] 海吉拉（Hijra），南亚地区对变性者或跨性别人士的称呼，他们通常被认为是非男非女的第三性，印度人称海吉拉为"神的使者"，在印度史诗《罗摩衍那》中有对海吉拉的描写。但实际生活中，海吉拉依然为不被主流社会接受的边缘群体。

小时也不是件简单的事。我长着男人的胸，乳房是破布填充的，但那又怎样？在这座城市里，你还能再找出来一个比我更真的女人吗？

人群中有个失去双腿的乞丐①坐在一块带轮的木板上，正从过道那头蹭着人们的脚边慢慢挪过来。

"给我一卢比吧。"他嘴里咕哝道。

大家都冲他嚷嚷起来：

"你非得这会儿过去吗？"

"没长眼睛呀？"

"那我站哪儿？站你头上？"

这时乞丐也还嘴了："我砍断你的腿，看看你怎么站！"

这情景让我笑个不停。其实这也是我喜欢坐火车的原因。你可以放火烧掉一辆火车，但你挡不住我们去工作、去上课、去和家人团聚——如果我们有的话。每次坐火车就像观赏一场电影。在火车上，我见过神色各异的面孔，看过各种走路姿势，听过各种讲话腔调，还见识了各色争执吵闹。我这样的人就是这样了解世事人情的。火车晃动着，加速向前驶去，风拍打着我的头发，我伸手抓着车厢顶扶手，挺直身子，准备好去上德布纳斯先生的表演课。

---

① 在印度，人们常和乞丐打交道。印度乞丐中流行着一种说法：要饭是神赋予穷人的权利，同其他工作一样，没有高低贵贱之分。

德布纳斯先生家。他正坐在椅子上休息,手里端着一只茶碟。他用碟子喝茶,这样茶凉得快,他就不用呼呼地吹了。

我听说过教表演的老师占学员便宜的事。德布纳斯先生可不是那种人。他讲道德。德布纳斯先生年轻时有过导演电影的机会,不过那个机会是在孟买。如果他接受这份工作,就要在孟买至少待六个月。当时恰逢他的老母亲生病住院,什么样没人性的人会置母亲的生死于不顾而去追逐自己的梦想呢?于是德布纳斯先生放弃了自己的理想,留下来陪伴病榻上的母亲。给我们讲这件伤心事时,他哭了,那是我唯一一次看到他哭泣。

坐在德布纳斯先生脚边的还有另外六名学员,他们是电工布里杰什、卖皮疹膏药的鲁梅利、保险公司职员佩翁吉、学习护理准备当护士的拉达,还有在父亲的笔芯公司记账的乔伊塔。至于库马尔呢,大家都不确定他靠什么为生,因为他对所有问题都是一笑了之。

我们都省吃俭用,好缴每次上课五十卢比的学费。

今天客厅就是舞台,我们把餐桌推到边上。这节课的表演场景是一位丈夫对妻子起了疑心。在一番说得上枯燥乏味的表演之后,轮到我上场了。我把手机放到地板上,把我的表演录下来,方便在课下观看学习。我走到客厅中央,扭扭脖子,从左到右,再从右到左。墙上挂着德布纳斯先生已故双亲的照片，两位老人表情严肃地盯着我。愿他们安息！虽然风扇已经开到了最大风力，我还是感到身上阵阵燥热。

该开始我的演出了。我这次的搭档是电工布里杰什。根据德布纳斯先生编写的剧情，布里杰什扮演的多疑丈夫应该使劲地抓住我的肩膀，表现出异常愤怒的样子。而此刻布里杰什只是轻轻地握着我的肩膀，我只好暂时从角色中走出来。

"不是这样的！"我对他说，"你要是像捏花瓣似的抓着我，我怎么能产生那么强烈的感情？你得把这种情绪传递给我，那种愤怒，那种沮丧！快来吧！"

德布纳斯先生表示赞同。他总是说，要是连你自己都感觉不到，那观众又怎么能感觉得到呢？我拍打布里杰什的肩膀，想惹他发火，也向他表明他可以更男人点。布里杰什嘴里咕咕哝哝的。于是我说："你说什么？大声点。"

过了好长时间，布里杰什终于开口了："哼！这是你逼我说的，爱儿。要我跟个不男不女的人演夫妻戏，我做不到。"

就在这时，墙上的钟叮叮当当敲了十一下，我们都不说话了。我感到脸颊发烫。其实这种事我早就习惯了，在街上，在火车上，在商店里。不过我从没想过它会发生在表演课上，还是布里杰什挑起的。

对于他的羞辱，我置之不理。那些统统都是废话。

"听着，布里杰什，"我开口了，"你我就像哥们儿一样。

要是我能跟你演爱情戏,你也能跟我演。"

"没错,"德布纳斯先生开口了,"你要是真把电影当回事的话,就得全身心地投入到角色之中——"

德布纳斯先生狠狠地训了布里杰什一顿。他停下来喘气的时候,我们甚至能听到墙上大钟指针摆动的嘀嗒声。

终于,在德布纳斯先生的提议下,布里杰什合起双手,恳求我原谅。我眼里闪着泪花,鲁梅利也用杜帕塔[①]擦鼻涕。德布纳斯先生拍着手说:"把这种感情带到戏里!"

此时此刻,气氛紧张极了。学员们都把手机放到了一边。我咆哮道:"你如此胆大妄为,居然敢打一位母亲!"

我内心真切地感受到剧中人物的那种愤怒。客厅的桌椅堆在角落里,柜子里的泰迪熊落满灰尘,但这里并不比孟买的舞台差。灯管里散发出来的光芒如聚光灯一般照耀着我。屋外有个充枕芯的商贩走过,像弹竖琴似的拨拉着棉纱机。挂着薄薄窗帘的窗户把我跟大街上那些无足轻重的人隔开了。

我控制住感情,压低声音说出了下句台词:"难道你不是从娘胎里生出来的吗?"

布里杰什:"娘,哈哈,好像你有为人母的那份尊严似的!你以为我不知道他吗?"

我:"我发誓不是你想的那样。听我解释。啊,求求你给我个解释的机会吧。"

---
① 杜帕塔(Dupatta),南亚女子传统服饰,遮盖头部和肩膀的披肩。

布里杰什：（板着脸，朝着并不存在的窗口望出去。）

我："我压根儿不想讲我的过去，是你在逼我。那好吧，我就把我的秘密讲出来。跟那个男人在一起的不是我，是我的双胞胎姊妹。"

听听这场对话吧！戏演完了。

我双手冰凉，掌心冒汗，内心却像风筝般轻松。屋子里安静极了，地上掉根针都能听得清清楚楚。就连女佣也躲在门口看呢，她手里还拿着扫帚和簸箕，嘴巴张得老大。看到她这副模样，我有点想笑。我终于从戏里出来了，重新回到了现实。

德布纳斯先生看起来有些出神。

"就该这么演！"德布纳斯先生的声音好似耳语一般。他的眼睛睁得大大的。他想穿上凉鞋，从椅子上站起来。但每次把脚伸进去，鞋子总会滑下来。这没什么，他的神色看起来严肃极了。

"各位，看到爱儿怎么运用声音了吗？"德布纳斯先生开口了，"瞧瞧她是怎么感觉的，那种情绪你们感受到了吗？"他嘴里飞出一串串唾沫，飘落在学员们的头上。

拉达就坐在德布纳斯先生脚边。她把放在地板上的报纸撕下来一小块，擦拭着喷在头发上的唾沫。

差不多是在一年前，我第一次来到德布纳斯先生的房子。他要在大街上面试我。据他说，他家正在刷墙，家里没地方坐。

简直胡说八道。漆匠在哪里？抹布呢？水桶呢？还有梯子呢？

我知道真相，真相就是德布纳斯太太不想让海吉拉迈进她的家门。

就这样，我站在大街上，提防不被身边驶过的人力车撞到。德布纳斯先生说："你怎么这么热衷表演呢？这太难学了！"

我的眼影给弄花了，唇膏也沾在茶杯沿上，腋窝散发出阵阵汗臭，满头黑发浸透了一天的热气，让我头疼得厉害。不过对于这个问题的答案，我总能脱口而出。

"我这一辈子都在表演。"我在火车上表演，在马路边表演。我表演的是幸福欢乐，是与神的联结。"好了，"我对他说，"现在请训练我面对镜头吧。"

如今，我站在这里，双手放在胸前，冲着大家鞠躬。面对如此热烈的掌声，除了鞠躬我还能怎么回应呢？一阵阵掌声从我的粉丝那儿传来。我那当记账员的粉丝，卖膏药的粉丝，还有销售保险的粉丝。我挥着手，咧开嘴巴笑着说："别拍了！"可他们的掌声还是特别响亮。

吉万

就这样好几天过去了,有天晚上,我们听到了敲门声。当时已经很晚了,大概凌晨两三点钟的样子。这个时间哪怕听到一丁点动静都会让你的心跳到嗓子眼。我听到妈妈大声喊道:"醒醒,快醒醒!"

黑暗中伸出一只手,把穿着睡衣的我给拽了起来。我惊声尖叫,以为是谁要干那种臭男人的勾当,可没想到拽我的是位女警察。

爸爸站在那儿啜泣。他嗓音干哑,疼痛的后背看起来僵硬极了。黑夜把他变成了孩子。

接着我便坐到了警车后面,透过钢丝网看到街灯下马路泛着橘黄色的光芒。我向坐在我前面的那位女警察还有几位男警察竭力恳求:"姐姐,这是怎么回事?我是个有工作的姑娘。我在潘塔鲁斯公司上班呢。我跟警察可没什么交集啊!"

他们都一言不发。仪表盘上收音机里时而传来噼里啪啦的声音，听上去好像来自前面很远的地方。警车行驶的过程中，有辆汽车从旁边飞驰而过，里面坐满了男孩。我听到他们的喊叫声和欢呼声，他们刚离开夜总会。在这些男孩眼里，这辆晃晃悠悠的警车没什么了不得的。他们没有减速，也不害怕。他们的爸爸认识警察局局长和立法机关的官员，这些人能把所有问题都给摆平。我怎么办呢？我怎么从这种困境中脱身呢？我又认识谁呢？

爱儿

上表演课的那天晚上,我躺在床上,身边是我老公阿扎德。他是个做生意的好手,从停泊在钻石港的中国船只进货,倒卖叁星电子产品和托尼·希尔费格手表①。我在给阿扎德看白天的表演。他说:"我跟你说了一百遍了!你身上自带明星气质!"

阿扎德捏了捏我的脸颊,虽然有点疼,我还是忍不住大笑起来。我内心很平和,就好像我们铺在地板上的床垫是五星级宾馆的豪华大床。在这间屋子里,我拥有我需要的一切:一罐饮用水,几只碗碟,一个小小的煤油炉,一个放衣服和首饰的架子。墙上贴着普里扬卡·乔普拉②和

---

① 此处提到的两个品牌原文为"Sansung"和"Tony Hilfiger",是三星(Samsung)和汤米·希尔费格(Tommy Hilfiger)的形近词。
② 普里扬卡·乔普拉(Priyanka Chopra, 1982—),印度演员、歌手、制片人、模特。2000年当选世界小姐。

沙鲁克·汗[①]的照片,他们每天都在祝福我。每当我环顾四周,就能看到他俩美丽的面孔,感到他们的好运正向我撒下来。

"阿扎德,"今天晚上我这样对他说,我的脸贴着他的脸,就像大片中的浪漫一幕,"我想跟你说点事,答应我,你不会生气。"

我停顿了一下,留神他的脸色。这张脸显得灰暗,眼帘上有几根长长的睫毛似乎想要逃避。面对他的眼睛,我说不出来那些本就不太好讲出口的话。

"你有没有想过,"我还是开口了,"家庭什么的?咱们年龄不小了——"

阿扎德开始回应我,就像平时那样。"又来了?"他说。我知道他有些恼了。"我哥来了?"

"没有!"

"我哥把这一堆垃圾塞到你脑袋里了?"

"我说了,没有!"

阿扎德为什么总是这样指责我呢?

"谁都知道世道就是这样,阿扎德。"我跟他说,"没错,这个世界是落后的。没错,这个世界是愚蠢的。但你家人想让你娶个真正的女人生儿育女。瞧瞧我,我永远不能给你一

[①] 沙鲁克·汗(Shah Rukh Khan,1965—),印度演员、制片人。

个那样的未来。"

刚说完这话，我就开始后悔了。这是个巨大的错误。我希望永远跟阿扎德在一起，那我为什么又硬要把他从身边推开呢？

其实阿扎德说对了，有天晚上他哥哥过来了，来的时候天还没亮。他又是摁门铃，又是用拳头拍打房门，弄出了很大响动，搞得街上的狗都汪汪汪地狂吠起来。

我总算跳下床，一拉开房门，阿扎德的哥哥立马冲我吼道："你究竟给他施了什么迷魂咒？放了他，你这个巫婆！"

"嘘！"我连忙说，"小点声，现在是大半夜！"

"不用你教我怎么做，巫婆！"他声音尖利，一根手指在空中挥舞。有人在路边冲水沟里撒尿，瞅了瞅他，又瞅了瞅我，然后再瞅瞅他，又瞅瞅我。除此之外，四周安安静静，漆黑一片，大家肯定都听得清清楚楚。

"你设套把他给套住了！"他哥哥高声喊道，"放开他！让他像个正常人那样娶妻生子！"

我站在那儿，手扶着打开的房门。"冷静点，"我轻声说，"你这个样子自己看到都会恶心。"

我穿着睡衣，双耳发烫。整个街坊都知道我的事了，这让我非常生气。这个废物哥哥哪儿来的权利在这么多街坊面前冲我大喊大叫？这些人都是辛勤的车夫、水果摊贩、弹棉花的小贩、女佣、商场里的保安，他们都需要睡觉啊。这下我在他们眼里成了什么啦？

于是我终于喊出了难听的话。我不愿意再重复那些话。

"没错，"我现在对阿扎德承认了，"你哥是来了。他对我说：'爱儿，我知道你们是真心相爱的。你不在的时候，我弟弟连饭都吃不下。不过，求求你，看在我们年迈父母的面上，劝劝他娶妻生儿育女吧。'"

阿扎德盯着我："我哥？他是这么说的？"

他不相信自己的耳朵。

"没错，你的亲哥，"我说，"所以我在想这事儿。"

一只蜘蛛从窗子爬了进来，棕色的腿细细的，它在用自己那八条腿丈量这面墙呢。我俩都盯着蜘蛛看。阿扎德站起身来，想拿鞋子拍蜘蛛。我制止了他："别管它。"

为什么总要伤害其他生灵的性命呢？

"不！"阿扎德说，"我不要遵从那些愚蠢的规矩！我要娶你！"

吉万

第二天早上，法院里人头攒动，一位女警察在前面为我开道。这些人看起来很开心，好像是在板球场欢庆一样。阳光刺眼，我看着地面。

"吉万！吉万！看这里！"有几个记者肩头扛着摄像机，也有记者把摄像机高高举过头顶。有的记者向前冲，把录音机递到我的嘴边，警察打着让他们退回去。人群推推搡搡，有人踩了我的脚，我的胳膊肘被撞到肋骨上。这些人大喊着向我抛来问题：

"恐怖分子是怎么跟你联系的？"

"你们什么时候开始策划这场袭击的？"

我费劲地张开嘴巴，大声说："我是无辜的！我一点也不知道——"我的声音短促极了，像公鸡打鸣那样渐渐细弱下来。

我挺直腰杆，可两眼直冒金星，树上的葱绿颜色就像地下矿层那样发着光,脚下的土地变成了各种截然分明的颗粒。我双腿发软,那位女警察连忙扶住了我。人群中有人喊叫了一声。我所能感受到的最友善的东西就是女警察抓住我胳膊的手了。接下来,我走进屋里,嘈杂声渐渐消退,我一屁股瘫坐在椅子上。

法庭指派给我的律师出现了,他年纪轻轻,看样子比我大不了几岁,却有着富人那种啤酒肚。

"吃早饭了吗?"这是他说的第一句话。

我瞅了瞅女警察,有点记不清了。我点了点头。

"我叫戈宾德,"他说,"是法庭指派给你的律师。你明白'律师'是什么意思吧?是——"

"先生,"我开口了,"我知道律师是什么意思。我上过学。我是潘塔鲁斯的销售员,你听说过这家商场吧?你告诉我,他们为什么拘捕我?没错,我是在脸书上发了个愚蠢的帖子,但火车站的事我可是一无所知啊。"

律师没有看我,他正在看手里的文件夹。他舔了一下手指,翻动着文件夹里的文件。

"你说的是真话吗?"他问道,"他们发现你的脸书里有跟恐怖分子招募者的聊天记录。"

"每个人都这样说,但我只是跟他线上聊天,我们顶多算是网友吧。"我辩解道,"我根本不知道他是谁。"

我坐在椅子上,听着头顶吊扇呼呼地转动,还听到后面走进法庭的人在喋喋不休。我前面只有一位阿姨坐在打字机旁,她头发绕成卷儿,松垮垮地耷拉在脖颈上。

"我在脸书上交了好多朋友,其中就有这么一位外国朋友。至少他是这么跟我说的。"我向戈宾德解释道,"这位朋友问起过我的生活,我的感受。我有时会给他发个表情,只是问好而已。现在他们跟我说,他是众所周知的恐怖分子招募者,都有谁知道?所有这一切我可是一点也不知道啊。"

戈宾德看着我,像我这样的女人永远没人相信。

"那在你家找到的泡在煤油里的布条又是怎么回事?"过了好一会儿,戈宾德说,"这东西跟投掷到火车里的那些浸泡了煤油的火把差不多,这是怎么回事呢?"

"这是……"我苦思冥想,"也许是我妈妈的抹布吧,煤油能去油污。我不知道!我从来没看见过。"

他们说我协助恐怖分子烧了火车。他们不仅有我跟一个据称是恐怖分子招募者的人在脸书上的聊天记录,而且还找到了火车站的目击证人,证人说看到我朝车站走去,怀里抱着一个包裹。他们说,里面装的一定是煤油、破布或用作火把的木头。还有证人看到我从火车旁跑开,怀里的包也不见了。虽然他们并没有亲眼看到我跟任何人在一起,但他们断定我领着恐怖分子——国家的敌人——沿着我居住的贫民区的无名小巷,来到了火车站,而那儿停着那辆倒霉的火车。

我为自己申辩,他们就拿出我发在脸书上的帖子,说那都是些煽动性话语，说我称本国政府是"恐怖分子"。这就表示，他们说，我显然对国家不忠诚。难道在脸书上写句话就是犯罪了吗？

戈宾德指着我在警局监狱里签的一个文件，说我已经承认了。

"这个怎么能信？"我反驳道，"是他们强迫我签字的，他们打我。"

我转向法庭，希望看到我爸妈在那里，希望他们摸摸我的头安抚我。同时，我又不希望他们出现在这里，看到我现在这个样子他们肯定受不了。

然后法官来了，读了一堆对我的指控。

"叛国罪，"他说，"煽动叛乱。"

我听到了这些话，举起手，打着手势，不是，不是，不是。

"我拿的是书，是我的课本。"我说。这是真的，为什么听起来却那么无力呢？"我包里放的就是这些东西。我把课本带给住在贫民区里的一个人，她叫爱儿，去问问她，她会告诉你们我教她英语有好几个月了。"

背后传来一声讥笑："把你的故事留给报纸吧。恐怖分子做慈善！故事编得多棒啊！媒体会全盘接受的！"

法官警告说要把讲话者从屋子里扔出去。

"他们强迫我在供状上签字。"我跟法官说。我掀起上衣，露出瘀青的腹部。同时，我听到身后的人群一阵骚动。

法官听了这话，眉头皱了起来。

几天后我会在一份报纸上看到我的画像，有位艺术家画了我那天早上在法庭上的模样。那张素描上的女人头发盘了起来，戴着手铐的双手向上举着，好像是在祈祷或者恳求。搞错了，我心里想，我没戴手铐，不是吗？女人身体的其他部位只是草草勾画，已然模糊不清。

吉万的父母

吉万被拘捕还不到一个小时,就有位记者找到了位于贫民区的那间房屋,走上前去敲门。门就是一层锡板,没有插门闩。门开了,吉万的爸爸坐在垫高了的床上,妈妈坐在他旁边,正用叠好的报纸给他扇风。

看到记者进来,吉万的妈妈站起身,朝门口走过来。"你是谁啊?"她问道,"是警察吗?"

这位记者手里拿着录音机,与吉万妈妈保持着一定的距离。"我叫普南杜·萨卡尔,《灯塔日报》记者。"他说着翻开钱夹,出示了一下证件,然后把钱夹塞到裤子后兜里,"你知道你女儿为何被逮捕吗?"

吉万妈妈说:"他们会派警察过来给我们讲讲情况,他们是这么说的。他们把吉万带到什么地方了?"

记者看到这位妈妈满脸困惑,看样子她什么也不知道啊。他叹了口气,然后关掉录音机,把自己知道的都讲给她听了。

"吉万妈妈,"他最后说,"你听明白我说的话了吗?"

"我怎么不明白,"她说,"我是她妈妈!"

她转向丈夫,吉万的爸爸僵硬地坐在床上,知道——早就知道——出大事了。

"他们在说吉万的事,"吉万妈妈哭着说,"过来看看,他们说的是什么啊?"

她丈夫只是抬起头,感觉到今晚空气中有种令人恐惧的骚动。他干瘪的嘴唇动了动,又停了下来。他把胳膊抬了起来,下巴颤动,向人呼救。

有个人影从外面玩克朗棋①的人群里跑出来。是邻居卡卢,他脖子上长了个肿瘤,那儿有个鼓包。这时,有更多记者过来了,屋子外面聚起了一群满怀好奇的人。出于恐惧和厌恶,人群自动给他让开了路。卡卢关上房门,记者堆里发出了一声抗议。

"吉万妈妈,"他说,"您吃过饭了吧?咱们走吧。那些人说他们知道吉万在什么地方。"

卡卢骑着摩托车,吉万妈妈坐在后面,就像女学生那样双腿荡着,朝记者们说的那个警察局驶去。吉万妈妈从摩托车上下来,手里拿着一个皱巴巴的信封,里面装着女儿的出

---

① 克朗棋(Carrom),一种印度桌游。与台球类似,玩家击打母棋,使其撞击其他棋子落洞。

生证明、离校证明、打小儿麻痹疫苗的收据，她只能靠这些文件了。天空正在由黑变蓝。

吉万妈妈朝警察局门口走去，他们说她女儿就关在这个地方。这里也有一群记者，他们带着灯光和摄像机。有个记者抹了口红，还有个记者正踩灭烟蒂。门口站着两个警卫，背上挎着枪。他们时不时冲记者喊，让他们往后退。其他时间他们就倚着门聊天。

警卫转过身，看着那个弓背女人径直走过来，脚穿一双浴室拖鞋。

"站住，站住。"其中一位喊道，"你这是要去哪儿？看不见这是警察局吗？"

吉万妈妈说自己是来看孩子的。

"你儿子是谁？"那个警卫问道，有点恼怒的样子。他的伙伴走到一边去了。

"是我女儿，她叫吉万。"

警卫的嘴巴一下子张得很大。她就是恐怖分子的母亲啊。

"现在见不了，"他最后说，"拘禁期间不得探视。"

警卫接到上面的命令说任何人都不得探视这个恐怖分子，所以他不让吉万妈妈进去。

吉万

一大早,有个人出现在我的牢房外面,他拿着一张大纸厉声喊道:"候审者!"

脏不拉叽的男人们排成了一队。这些人穿着拖鞋,脚后跟处的鞋底都磨薄了,背心粘在淌着汗的胸膛上。有人喊道:"这队是排煎蛋卷吗?"

有几个人大笑起来,但声音里没有一丝快乐。

有些人沉默不语,看着牢房里的我——这个活生生的例子。我得在监狱里一直待着,直到一年后的审判。

那个负责人打开门锁,探进脑袋。

"你,女士!需要专门请你出来吗?"

于是,我艰难地从地上爬起来,跟其他十几个人一起钻进了一辆警车。有个男人举起戴着手铐的手摸我的胸,我把他的手扇了回去。

"把你的爪子放好!"我大吼道。

司机冲我喊,让我安静。

就这样,我从临时关押的牢房给运到了现在待着的这座监狱。

体育老师

操场呈长方形，混凝土质，四周围了一圈纤细的树木，在太阳下显得萎靡不振，再往外就是学校的五层教学楼。体育老师身穿带领T恤衫和熨烫平整的裤子，胡子又厚又密，活像鞋刷子上的毛，光秃秃的脑袋闪闪发亮。他站在大太阳底下，大声喊着口令，指挥学生们迈步要踏在节奏上，敬礼时胳膊要抬起来，脚落地时要干脆利落。

体育老师带的这些女学生平均年龄十三岁，身穿及膝的裙子，内衣肩带从肩上滑落下来，袜子松松地卷在脚踝，随时要脱落下来的样子。许多女孩的白色运动鞋用粉笔精心擦过。她们弯腰垂肩，本该像刀片那样直的胳膊现在却无精打采地耷拉着。

"难道你们没有看过，"走过她们的队列时，体育老师训斥道，"电视上的士兵列队行进吗？你们应该跟他们一样！"

印度共和国日[①]即将到来，这是庆贺国家宪法确立的全国性节日，她们现在这种状态可不行。学生游行是这一爱国场合最具爱国热情的表演活动，由体育老师全面负责。这可是这位不教地理、不教数学、不教化学，甚至连家政学也不教的古怪老师整个学年中唯一一次展现自己工作的机会。嗯，他这样刻薄地想着自己，其他时候他只是作为这所女子学校里唯一的男人被召唤去干体力活，像是每次学校集合时，话筒要是出了故障，他就会上前修理。

"安静！"女孩群中传出了嗡嗡的耳语声，体育老师大声训斥道，"严肃点！"

全班同学一下子安静下来，没人说话了。女孩们低头看着地，强忍着不笑出声来。

那边，有两个女孩坐在树荫里咯咯地笑。刚开始上课时，她们走过来，在体育老师耳边小声说："老师，我来例假了，可以不上课吗？"

体育老师认为——但不肯定——她们上星期可能也来过例假。他皱着眉头，从上衣兜里掏出手帕，擦掉头上、前额上和鼻子上的汗珠。他还能怎么办呢？

[①] 印度共和国日（Republic Day），指的是印度每年 1 月 26 日庆贺共和国的成立和宪法诞生的公休日。自 1950 年起，印度每年都在总统府和印度门之间的国家大道上举行阅兵和花车游行，分别展示印度的国家军事实力和作为统一国家的多样性。

几天后的一个晚上,电视屏幕上闪烁着大大的标题:突发新闻!突发新闻!

节目主持人从新闻间走廊走过来,手里拿着笔,宣称有个女人因涉嫌火车袭击案被捕。她名叫吉万,姓氏目前不详。

体育老师把餐后甜点啪的一下放在餐桌上,一把抓起遥控器。听到响声,他妻子从厨房里跑出来,问道:"怎么啦?"

体育老师把手指放在唇边,大拇指摁住音量键,直到声音响彻整个房间。他身子使劲往前探,现在他的脸距离屏幕只有几英寸了。电视上反复播放着一个片段,画面里警察和记者推推搡搡。体育老师看到了那张脸,看到了那梳得马马虎虎的发辫,看到了下巴上的那块疤,这些都是他认识的——或者说过去认识的——一个人的特征。此刻,这个女孩一只手放在背上,样子就像后背疼痛的老妇人。体育老师下巴都要掉下来了。"瞧瞧这个,"他低声对妻子说,"瞧瞧。"

"你认识她?"他妻子问道,"你怎么会认识她?"

"这个年轻女子,年龄至少二十二岁,"有位记者站在巷子中间叫嚷,好奇的旁观者挤进了镜头画面,"就是在我目前所在的这个贫民区被捕的。这个贫民区叫科拉巴干贫民区。没错,科拉巴干贫民区旁边就是科拉巴干火车站,六天前那儿有辆火车遭到残忍袭击,一百一十二人葬身火海。我们知道,在这场袭击中——"

体育老师摁了一下遥控器按键,画面跳到了另一个频道。吉万又出现了,摄像机正拉近给她的脸部一个特写。

"这个穆斯林女性被指控协助那些策划这场恶毒袭击的恐怖分子——"

"她已受到叛国罪和煽动叛乱罪两项非常严重的指控,这种情况非同寻常——"

"据称,她跟脸书上的一个恶名昭著的恐怖分子招募者有联系——"

体育老师再次摁下遥控器按键,频道又换了。

"她内心为何对自己的国家怀有那么多仇恨呢?社会学教授普拉卡西·梅赫拉来到我们的演播室,和大家谈谈与社会疏离的年轻人,以及互联网是怎样——"

体育老师不停地摁遥控器调台,这些节目看得他眼睛刺痛。他把能看到的每个镜头和分析评论都看了个遍。外面传来汽车鸣笛的嘈杂声。

不久以前,吉万还是他的学生。她是以学校慈善生——这是人们对这类学生直截了当的称呼——的身份入校的,此前她连篮球是什么样子都不知道。不过那些篮球规则,她凭直觉就能领悟。她打起球来活力满满,双腿随心而至,双臂飞扬舞动，大笑时咧着嘴巴。吉万把其他人都吓坏了。卡巴迪①这种进攻性很强的运动对她来说轻松自如，体育老师要她们练习较温和的躲球时，吉万可能是唯一感到失望的学生。

看到吉万运动时表现出的狂热和听到赞美时抿嘴而笑的反应，体育老师心里明白吉万跟其他女孩不大一样，她需要他这门课。于是他也就原谅了她身上的脏裙子，也不在乎她穿的旧鞋了。

有一次，吉万晕倒在炎热的操场上，那是体育老师第一次给她东西吃——一根香蕉。之后，他不时地把自己便当盒里的三明治给吉万吃，有时也给个苹果，还有一次给了她一袋炸薯条。体育老师有些担心吉万吃不饱肚子，他不能眼睁睁看着自己的得意门生给饿坏了。为学校典礼分列式要进行的训练，体育老师已经把吉万考虑在内，这样她就有机会参加市级篮球甚至足球项目了。她可以成长为一名运动员，就像他这样。体育老师还没看到过自己的学生在这个领域表现出真正的潜力，直至他遇到吉万。

接下来，参加了十年级的毕业会考之后，吉万离开了学校。体育老师不知道她为何不继续读书了，他理解为学费所致。吉万对此没做任何解释，也并未因他不厌其烦地关照她

---

① 卡巴迪（Kabaddi），一项游戏式运动，起源于南亚，是印度和巴基斯坦的民间体育运动项目。

而对他表示过感谢。这并不是什么大不了的事，只是他觉得这很不礼貌。

不过，真的不是什么大不了的事吗？

体育老师想到这些，一股陈年的怒火一闪而过。他曾经梦想把吉万作为弟子培养，而她呢，却根本没把他视为导师。她也许只把他当作偶尔提供免费食物之人。她耍了他。

电视画面还在播放，根本无暇顾及这位身心俱疲的观众。

"这个名叫吉万的普通女子怎么成了恐怖分子呢？她怎么走上了叛国活动的道路，与恐怖组织联合起来密谋推翻政府呢？休息过后——"

体育老师不相信吉万做过那些事。

他的神经抽搐。他的生活和往常一样，但这种濒临灾难的感觉令他震惊。

现在，他明白了，吉万一直都有不对劲的地方，她的思维一直不对劲。否则她根本不会就那样一走了之，都没有跟他这位关爱她的老师道别，连声感谢也没说。

吉万

今天早上,负责女子监狱的警官乌玛夫人把我们唤醒。我看到亚什维在院子里,穿着干净的黄色夏瓦尔克米兹[①]。她曾闯进十户还是十二户人家抢劫,有一次她捆一位老爷爷捆得太紧,致其窒息而亡。不过她是个友善的姑娘,总是面带笑容。

亚什维用水泵为我压井里的水。她先是跳起来,然后压着井杆,身子蹲下去,冰凉的水从地下很深的储层里抽了出来,犹如石头一般砸进我掬起的双手里。我洗了脸,嘴唇上留有一丝矿石的味道。

我感到双目清爽。我们走进院子另一边的人群当中,去拿厚片面包。面包上有一勺拳头大小的土豆,还有一杯茶,从桶里舀出来的。我站在边上吃了起来,环顾四周看看是否

[①] 夏瓦尔克米兹(Salwar Kameez),南亚地区传统服饰,克米兹为长度及膝的衬衣,夏瓦尔为宽松的裤子。

有人拿得比我多。以前有过这种事,要是再出现这种情况,我豁出去了也要为之而战。

女人们睡眼惺忪,天空刚刚呈现清晨的亮色,我脚下的绿藻湿漉漉的。这个地方静得就像笼子里一样。

吃过早饭,我们都聚在电视房里。我旁边坐的是尼马拉迪,杜帕塔盖住了她的头,落下的一角被她咬在嘴里。尼马拉迪咬那块布的样子就像婴儿吸吮乳头一样。她以前在外面是个厨师。后来,她收人两万卢比,把老鼠药投进了一家人的午饭里。我后面坐的是"独眼"迦尔吉迪,她的半边脸都给烧伤了。我转过身,她笑得正起劲儿,牙缝都露了出来。她丈夫冲她泼了硫酸,可不知怎么的,坐大牢的却是她。只要你是个女人,这种事情就有可能发生。

流言四处飘动。我们当中有人掐死了床上的孩子,有人砍断了虐待她的丈夫的喉咙。有些事情我知道,有些事情我不想知道。

电视上正在播放我们最爱看的电视剧《婆婆为什么不爱我?》。

我进来这里的第一天,在没完没了播放节目的过程中出现了个小插曲。在这间电视房里,我问了这些问题:"我问一下,姐妹们,你们用了法院指派的律师,还是找了更好的律师呢?你们自己找的律师怎么收费啊?"

我说完后,现场却好像我什么也没说一样。

所有的面孔都对着电视机。

这是什么地方？我还没意识到就已经脱口而出："我是无辜的，我发誓我没有——"

有好几个女人扭过头来，她们牙齿暴出，由于常年戴耳环，耳垂上有了狭长的裂口。她们的模样看起来那么有人情味，然而每个人对我来说都是陌生人。她们的面孔给我一种感觉：在这个世界上我谁也不认识。

我哭了。我还是个孩子。

大伙儿都不看电视了，转过头来看我。那个皮肤上有深浅斑块的女人是这群人的头儿，我那时就知道了。她坐在离电视机咫尺之遥的地方，这时从地上站起身，一摇一摆地向我走来。我此前听说就是她想办法把黑白电视升级成了彩色的。因肤色粉白，人们叫她阿美里坎迪，即"美利坚姐姐"。此刻她双手托住我的下巴，有种母亲般的慈祥和蔼。我心里感到一阵放松，这种踏实感让我抹起了眼泪。接下来，她扇了我一记耳光。她的手如皮革般粗糙，朝我的耳朵打来。我感到耳朵忽地嗡鸣了起来。

"你是眼瞎了吗？"她说，"没看见我们在看电视吗？"

现在我也看电视，嘴巴大张着，跟那些女人并无两样。我看的不仅仅是节目，也是在看世界。红绿灯，雨伞，窗沿上的雨水。穿过大街的简单自由。

进入这里之前，我也是个职场女性，在一家大商场拥有一份工作，卖衣服箱包、香水手表，有印度产的，也有西方进口的。那里甚至还卖书籍呢，顾客们一般飞快翻翻，然后把书放回架子上。一天天，我上着时间很长的轮班，把一排排的衣服叠放整齐，给试衣间喊我的女士送去各种尺码的衣服。趁她们不注意，我会偷看她们亮闪闪的头发和保养得当的脚丫。她们的手包里有小小的信用卡，这是源源不断的金钱的来源。我也想拥有这一切。

他们说那个招募恐怖分子的人给我钱，给了好多钱，让我领着他们穿过贫民区里没有路标的小巷，把煤油带到火车站。

我跟父母一起住在——曾住在——科拉巴干贫民区，这里离科拉巴干火车站很近。我家在一个垃圾场后面，一间房，两面是砖墙，另两面是锡和油布墙。这个垃圾场可大啦，里面住着好多乌鸦，从早到晚呜哇呜哇叫个不停。这个地方可是名声在外啊。如果我说"我住在垃圾场后面的房子里"，大家都知道我说的是哪里。不妨说我住在一个标志性建筑物里。

有个名叫爱儿的海吉拉也住在科拉巴干贫民区，经常到处去为新生儿和新婚夫妇祝福。我晚上教她学英语。开始是因为学校要求每个学生都得教一名不识字的人认字母表。不过，拿到学校这个必修项目的分数之后，有好长时间我还在继续教她。爱儿坚信自己将来会过上更好的生活，我也这么认为。我的英文教学始于字母歌和简单的单词：cat（猫），bat（蝙蝠），rat（老鼠）。英语是现代世界的语言，不会英语你能生活得更好吗？我们继续学习英语。

我的生活也在变好。就算我住在一个半砖造的房子里又怎么样呢？我正在从吃大白菜的人成为吃鸡肉的人。我拥有一部大屏智能手机，这可是我用自己挣的工资买来的。这款屏幕闪动的基础版智能手机是我分期付款买的，等有钱的时候我再把信用卡上的欠款还掉。但是现在，我所联系的世界要比我住的这个地方更大。

去厨房干活的路上，我偷偷瞥了一眼腌酱菜的房间，那儿有六个女人正在准备拿到外面卖的酸橙和洋葱腌菜。多年来，这地方不过是一个时不时存放破损货品的仓库，后来我们这位当地企业家阿美里坎迪开始了这项营生，监狱也由此开始挣点小钱。如今房间粉刷了，电灯安上了，桌上满是坛子，空气里弥漫着一股芥末的味道。莫纳丽莎看见我，取下手套，递给我一块三角形的酸橙皮，又黑又酸。几天前，我教她女儿学会了孟加拉语字母表：paw, phaw, baw, bhaw, maw。[①] 腌酸橙的香味让我流口水。我嚼了嚼，把这个酸酸的东西咽了下去，舌尖上又酸又咸。

---

① 此处为孟加拉语字母表中的五个音节。

体育老师

放学时,体育老师的裤脚都弄脏了。他把包夹在腋下,走出教学楼。外面狭窄的小巷里挤满了女学生,她们为他让开一条道来。不时地,有学生喊道:"老师下午好!"

体育老师冲她们点点头。几个小时前他刚刚给这些女孩上完体育课,她们现在提高了裙子,头发盘成了顶髻。她们在谈论男孩,手里拿着腌制水果,黏糊糊的。他好像不认识她们了——要是曾经认识的话。

从小巷走到主街时,鱼贯而行的卡车队伍让体育老师颇为震惊。车辆从他身边呼啸而过,三辆,四辆,五辆,卡车风驰电掣地驶过大街。年轻人坐在敞开的卡车垫上,他们面容干瘦,胡子拉碴,手里挥舞着洋溢着炽热国家主义的橘黄色旗帜。有个年轻人把手指塞进嘴里吹起了口哨。

火车站里,体育老师站在和往常一样的地方,普通车厢在这里开门。他向前探身看火车轨道,这时喇叭里传来了通知,说火车要晚点三十分钟。

"说三十分钟意味着至少得一个小时!"旁边有位乘客抱怨道。这人叹了口气,转身走了。体育老师掏出手机给妻子打电话,他的手机是一个大长方块,中国制造。

"听着,"他说,"火车要晚点了。"

"什么?"她大叫道。

"晚点了!"他也大叫着回她,"火车晚点了!听到了吗?"

就在几星期前恐怖分子袭击了火车站,之后"火车"这两个字眼总让她心生恐惧。"出什么事了?"她问道,"一切都好吧?"

"没事,没事!都好。他们说是'技术故障'。"

体育老师把手机放在耳边,眼睛却瞅着前面。有乘客跑过来,听说火车晚点了,就又一个个离开了。一些乘客把当天的报纸铺在地上休息,有个女孩正向他们兜售腌黄瓜条。体育老师耳边传来妻子的声音:"那就好。你能买斤西红柿带回来吗?火车站外面就有一家菜市场。"

你的妻子总是知道你该如何利用时间。难道他就不能自己享受这三十分钟的时光,坐在站台上喝杯茶吗?

体育老师出站去买西红柿。火车站外面的那条道上,出租车和公交车常常鸣笛骂人,几乎蹭着彼此的后视镜而过,现在那里的交通停滞了。骑摩托车的人脚蹬着地向前挪动。有个人在手掌心里磨着烟草，说众福党在附近的田地里集会，影星凯蒂·班纳吉正对集会人群讲话。众福党可是全国最大的反对党呢。

凯蒂·班纳吉！此刻，体育老师心中在想，我是花二十分钟时间去买西红柿呢，还是瞥一眼这位大名赫赫的凯蒂呢？西红柿哪里都能买到，其实在离他家十分钟路程的当地集市上就有，他妻子怎么不去那儿买呢？

于是，体育老师顺着这条街道，朝那个地方走去。由于人们的踩踏，这片地上已经没有草了。那里大概有一千多人，或者更多，他们手中挥舞着看着眼熟的橘黄色旗子，嘴里吹着口哨，手掌拍得啪啪响。有些人聚在一个颇会做生意的普奇卡①瓦拉——卖脆皮辣土豆的小贩——摊位旁，他已经开始营业了，一股香菜和洋葱的味道飘了过来。体育老师看到，包括那个普奇卡瓦拉在内的所有人前额上都涂上了红色糨糊，这是对神、对国家崇拜的标志。这些带着神圣标记的人的裤脚都拖到脚边了，他们不时地跳起来看，舞台离他们太远了。

"兄弟，"体育老师对一个年轻人说道，惊讶于自己讲话的口气竟然如此友好，"兄弟，那真是凯蒂·班纳吉吗？"

---

① 普奇卡（Phuchka），印度油炸类食物，用酸角粉末和土豆泥做馅料，混合洋葱、辣椒和鹰嘴豆。

· 41 ·

那个年轻人看了眼体育老师,从装满小党旗的杂货店袋子里抽出一个旗子递给他,然后冲着另一个人喊道:"这边,过来!"那人很快冲了过来,手里拿着一碟红糨糊。他用大拇指蘸了蘸糨糊,在体育老师的前额上抹了一下,从眉毛到发际线画了一道红。体育老师只好接受了这一切,好像孩子接受老者的赐福一般。

体育老师现在脸上抹着这样的标记,手里拿着党旗,向前走去,好听得更清楚些。舞台上确实是影星凯蒂·班纳吉,她身穿浆过的棉质纱丽,前额上也有神圣的红糨糊标志。体育老师看到了。凯蒂·班纳吉马上要结束演讲了,这时双手在行合十礼。"你们从各地远道而来,"她说,"我谨向你们表示谢意。回家时请注意安全。"

话筒里传出噼啪噼啪的声音,人群沸腾了。

凯蒂·班纳吉离开了舞台。话筒旁她刚才站立的位置,现在站着众福党二把手,比马拉·帕尔,她身高不过五英尺两英寸[①],身穿朴素的白色纱丽,戴在手腕上的钢表在阳光下熠熠闪亮。人群安静下来了。体育老师把旗子举过头顶遮挡阳光,然后又举起小皮包,它的遮阳效果更好。

话筒里传来了比马拉·帕尔的喊声,她的话透过喇叭在空中回荡:"我们将会寻求公义……义!为在这次懦夫……夫行径般的火车站袭击……击……中丧生的人!我向你

---

① 约为157厘米。

们……们承诺!"

为死者静默一分钟后,她继续说了下去,时不时停下等话筒的回声消失:"当前印度政府养活不了人民!勤劳的众福党是这个无所作为的政府的对立面!我们以每公斤三卢比的价格为十四个区供应了大米!我们要引进塑料厂和汽车厂,它们能给我们带来至少一万五千份工作——"

体育老师正在看着,这时有个身穿白汗衫的男子要么自己爬到要么被人群推到了一辆停在前面很远处的吉普车的引擎盖上面。体育老师这才注意到那辆吉普车,它就在场地中央,离舞台还有一段距离。那人站在引擎盖上,环顾四周高高举起的手臂、张得大大的嘴巴和泛着黄渍的牙齿。接下来,他爬到了车顶上。由于人群的推搡猛撞,车身剧烈颤动。这些人的愤怒和笑声哗哗地掉落在铮亮的车身上。

"一万五千份工作!"他们反复呼喊,"一万五千份工作!"

这些人究竟是内心确实很兴奋呢,还是只是按照众福党协调员的命令这样喊的呢?这就不好说了。电视台的摄像机会把这个场面拍下来,这一点毫无疑问。

"我们知道你们每天都在做出牺牲!"比马拉·帕尔对着话筒大声喊道,"为了什么呢?难道你们不该得到更多机会吗?我们的政党站在你们这一边,为你们争取更多的工作机会,把你们应得的每个卢比都给你们,让你们的孩子有学可上！"比马拉·帕尔冲着空中挥舞拳头。

体育老师看着，身上一股热流不由自主地奔腾起来。他面前是活生生的穷苦人民，以前他只在电视上看到过这些人的样子。他了解一些关于他们的情况：村里不仅没活儿干，甚至连条铺好的路都没有！工厂都关闭了，但是保安还阻止他们卖破铜烂铁！

"记着这个国家属于你们，不属于住在高楼大厦里少数的富人，也不属于开着豪车的公司老板，而是属于你们！"比马拉·帕尔结束了讲话，"致敬母亲！[①]"

赞美祖国！

车顶上的那人大喊着重复这句话："致敬母亲！"

体育老师本可以想到，跟数以百计的其他人一样，那人坐在卡车上从村里被运送到这里，他空瘪的肚子受到一盒免费鸡肉饭的诱惑，于是他将自己的热情贩卖了一个下午。体育老师本可以想到，对于这些失业者而言，这次集会多多少少算是一天的工作。市场不给他们饭吃，这个政党给他们。

不过，他的喊叫声却让体育老师感到胳膊上汗毛竖立，这点难道还能掺假吗？

车顶上的那人掀起汗衫，露出了裤腰带里别着的一把匕

[①]《致敬母亲》（"Vande Mataram"），由孟加拉作家班吉姆·钱德拉·查特吉创作，这首歌与印度民族主义的兴起相呼应，迅速成为印度民族独立运动的标志性歌曲。1896 年，泰戈尔为该歌谱曲。

首，外面用一块布缠裹着。他抓着把柄，把匕首高高举在空中，刀刃在阳光下闪烁。在他下方，有个人围着这辆车跳舞，一个又一个人跟着跳了起来，他们跳的是表达情感的舞蹈，很粗野。

匕首还高高举在空中，它本身就是田地上方的太阳。体育老师看着匕首，既震惊又兴奋，站在那儿一动不动。这个人多么勇猛啊！他像电影里的英雄那样爬到车顶上，手持匕首舞动。他与体育老师认识的学校老师都很不一样，他多自由啊。

这些人都累了。这时，有位协调员大声说："兄弟姐妹们！公交车来了！坐车回家吧！不要奔跑！不要拥挤！大家都能免费坐车回家！"

体育老师转身向火车站走去。他错过了那辆晚点的火车，在下趟车上，他在过道边找到了一个三人座位，一屁股坐了下来。体育老师感到脚底酸痛，这才想起这双脚一整天都扛着他的身子。有人从旁边挤过去，拖着个大麻袋从他脚趾上压了过去。体育老师还没来得及开口，这人就不见了。接下来，有个女人站在他旁边，鼓起的肚子碰到了他的耳朵，手包随时都可能打在他脸上。人群中，有个穆里[①]瓦拉——卖膨化米的小贩——走了过来。"穆里，穆里！"他

[①] 穆里（Muri），印度街头小吃，以膨化大米为原材料，混合洋葱、辣椒、西红柿等蔬菜和香料。

大声叫卖着。火车嘎吱嘎吱开动了。

"今天是什么日子啊!"体育老师头顶传来那个女人的大嗓门,"先是火车晚点,现在连站的地方都没有,你还来卖穆里?"

"这是骚扰,没错,"体育老师背后有个声音传来,"坐这趟通勤车简直就是每天的骚扰啊!"

"这儿,这儿,卖穆里的瓦拉,"有人不乐意了,"我买两个。"

"我也买一个!"另一个人叫道。

这个穆里瓦拉把芥末油、西红柿片、黄瓜段、辣扁豆条和膨化米放在锡罐里混合搅拌,上下晃动一个调料瓶,最后把穆里倒进报纸做的碗里。

体育老师的肚子咕噜咕噜叫了。他抬了一下屁股掏钱包。

"这边要个穆里!"他说,"多少钱?"

穆里瓦拉给他装了一大碗,上面堆得高高的。

"不用了。"说着这话,他把碗递了过来,"你的话,不收钱。"

"不收钱?"体育老师问道。他笑了起来,手里端着碗,不确定他该不该吃。然后想起来了——一定是因为他前额上的红色印记,还有放在膝盖上的党旗。体育老师感到其他乘客在盯着他看。他们心中一定在想:这人是个什么大腕呢?

· 46 ·

回到家吃完晚饭，体育老师坐在椅子上，沾有肉渍的手指放在盘子上，对妻子说："今天发生了件怪事。想听听吗？"

体育老师的妻子个头矮小，身材消瘦。她的头发编了起来，用这种编法发梢就不用扎橡皮筋了。她也坐在椅子上，听到这话，抬起头来看他，她显然已经原谅了丈夫忘买西红柿的事了。

学校出什么事了，她心中想道。一个大男人教一群女孩上体育课，个个都乳房鼓鼓，月经期腹部绞痛，裙子时不时弄上点血渍，肯定会出现令人难堪的局面。

"出什么事了？"她恐惧地问道。

"众福党在火车站后面的田地里举行集会。"体育老师开口说，"有个男人爬到车上——明白吗？爬到车顶上——拿出来——你说他拿出来的是什么！"

"我怎么知道？"妻子反问道。她咬了一口牛奶糖，白色的碎屑掉落在面前的盘子里。"枪，还是什么？"

"匕首！"体育老师说道，脸上露出失望的神情。真相总是没有那么厉害。他接着说："凯蒂·班纳吉在场——"

"凯蒂·班纳吉！"

"比马拉·帕尔也在场。不管你是怎么看她的，她是个很好的演说家。她有些话说得很对，你知道吗，她的演讲棒极了。"

体育老师的妻子一脸没好气的样子。她把椅子往后推了一点，椅腿蹭过地板发出刺耳的声音。"演讲演讲，"她说，"她是在迎合那些失业者，这就是我们国家没什么前途的原因。"

"他们把大米打折卖给许多人，"体育老师说，"他们还打算在两年内给两百个村庄，是两百个，都连上电网——"

"你呀，"他妻子说，"什么都信。"

体育老师冲妻子笑了笑。她走进厨房。他站起身来，洗掉手上的姜黄酱，然后拿起一条曾经是白色的毛巾把手擦干。

体育老师心里明白妻子是什么感觉。如果你只是看电视上的新闻，就很容易产生质疑。不过，那些关心自己工作、工资和土地的普通人有什么错呢？说到底，他做些跟学校老师的工作无关的事情又有什么错呢？今天，他做了爱国的事，有意义的事，比管教那些漫不经心的女孩更大的事。体育老师躺在床上，心里清楚自己的大脑太活跃了，太亢奋了，今晚注定无眠。

吉万

在传到监狱里的那些数天前的报纸上,他们刊登了有关我的生活的报道。报纸上说我在锡亚尔达,还是萨尔布尔,或者乔比格拉姆长大。他们还说我父亲患有小儿麻痹症,癌症,或是截了肢。他之前在酒店做厨师;不对,他从前是市政办事员;也不对,实际上他以前在电气公司当抄表员。他们还没发现我母亲的早餐生意,因为报纸上说她是家庭主妇,更多的压根儿没提到她。

"瞧,"我对同牢狱友阿美里坎迪说,"《德赛尔波特里卡报》说我以前在一家客服中心工作,还加上了不知道是谁的照片!坐在摩托车后面,跟一个男人在一起。我可从来没有坐过摩托车。"我听说,阿美里坎迪是主动要求跟著名的恐怖分子同屋的呢。

现在是中午时分,洗澡时间过后,我的狱友把纱丽提到大腿,手指顺着小腿肚上下移动,给自己按着摩。阿美里坎迪患有静脉曲张，她的血管就像洪水泛滥的河流。

"记者什么都写，"她说，"就拿我的案子说吧，我说过——"

我不想听她说她的那点事。

"他们道听途说，"我说，"然后就写下来。"

"他们的工作有截止日期。"她说，"要是没在截止日期之前上交，他们就会被解聘，谁还有工夫问问题呢？"

"这里说，听听，"我接着说，"'附近一家网吧的管理员说吉万常常跟巴基斯坦号码通电话'。他们为什么要撒谎编排我呢？"

阿美里坎迪看着我。"你知道的，许多人不相信你。就连我都听说了。你家里有煤油，你当时在火车站，而且你跟招募恐怖分子的人是朋友。你干了吗？"她叹了口气，"不管怎么说，我看你不像坏人。"

我嗓子眼里发出了抽泣声。

"听着，"她说，"其实我不该告诉你，你知道记者们正想方设法要进来采访你吗？"

我揉了揉眼睛，擤了擤鼻涕。"哪家报纸？"我问道。

"《印度时报》！《印度斯坦时报》！《政治家》！"她说，"哪家不想啊。所有报纸都愿意出钱，好多钱呢，就是想采访你一下，这都是我听说的。但乌玛夫人跟他们都说了不。上头有压力啊。"

"我有权利跟记者谈话!"我大喊道。

阿美里坎迪向前迈了一步,那神情像是要过来掴我耳光。"小声点!"她嘘了一声,"在这个地方我就不该对任何人好。"

阿美里坎迪从我给她洗好叠好的四摞衣服里挑出一件纱丽,披在身上,把褶裥上部掖了进去。"你有权利?"她说着,伸出一条腿,把那些褶裥理顺了。她笑了笑,咽下了下面想说的话。

"我想跟他们谈谈。"我轻声说,"戈宾德究竟在为我做什么?我好几天没看到他了,他一次也没来见我。"

要是我能跟报社记者说上话,能在电视台摄像机前发言就好了,他们难道会不明白吗?每天,我都忍受着黑暗过道里昆虫拍打翅膀的飒飒声,外面下雨带来的漏水声,还有天花板上凸鼓得如云朵一般的灰泥。一天天过去了,一周周过去了,我还是跪在后面的水沟旁,手洗着阿美里坎迪的睡袍。大家洗自己来例假时穿的衣服的地方散发出一股铁锈的味道。我现在算是明白了:我真傻,居然等着戈宾德的安排。他也许是法庭指派给我的律师,但他不一定真的支持我。

我心中想道,所以我们才都待在这里。拿阿美里坎迪举例吧,她推了一下在大街上抢她项链的人,结果那人倒地,头撞到人行道上,昏迷了过去。法庭指控阿美里坎迪,她就进监狱了,可能会判十年或永无尽头的更长时间。她要是有机会把自己的经历告诉外界,她的生活会是什么样子呢?

第二天早上,阿美里坎迪收拾好她那块糙硬得如浮石般的薄毛巾,还有一瓶带香味的液体皂——这是她用生命捍卫的东西。她要去洗澡了。

"听着,"趁着这是新的一天,阿美里坎迪的好心情还没被挠扰,我对她说,"你能帮我做件事吗?"

我举起一直在看的报纸。

"你能给这位记者递个话吗?"我把《灯塔日报》打开,找到普南杜·萨卡尔的名字,"能请这位普南杜·萨卡尔过来一趟吗?我妈说他去见过她,他愿意帮忙。"

阿美里坎迪环顾四周,在找她洗澡的拖鞋。

"计划不错啊!"她嘲弄地说,"凭什么让我费心呢?"

她转向我,等着我的回应。她只给我一分钟时间,不会再多。

"那些钱,"我跟她说,"他们提出采访我要给的钱。你刚说了,他们要给很多对吧?你可以全拿走。法庭又能做什么呢?要是媒体不——"

"你还真喜欢说这些。"阿美里坎迪说,"你刚才是说钱我全拿走吗?"

"一个卢比不留。"

"你什么时候这么富有了?"她说。

体育老师

跟警察联系没有什么好结果，大家对此心知肚明。你要是抓住了一个盗贼，最好使劲揍他一顿，好让他心生恐惧，然后放他一走了之。

然而，这并不是普通盗贼。这个女人袭击的可是满载乘客的火车，她直接间接地害死了一百多人呢。如今，各电视频道都在报道此事，她在监狱里一声未发，没有答应接受任何采访。她没有提供任何细节详情。除了一份供状之外，她没有提供任何其他信息，而且她坚持说这份供状是有人强迫她签的。她还抗议说这件事上她是无辜的。

警察迫切想取得案情的进展，已经在呼吁吉万的朋友和同事站出来。他们承诺不会骚扰任何人，只是在尝试了解这位恐怖分子的性格从而找到把案件撬开的线索。涉及此案的人都早早溜过国界逃跑了，吉万是唯一的希望。

于是，一天早上，在妻子的鼓励下，体育老师拿起电话，给当地警察局拨了过去。当天值班的警司坚持讲英语，要他马上赶到警察局。于是，体育老师就去了。他穿着新衣服，稀疏的头发梳得很整齐，早餐把肚子塞得饱饱的。体育老师脑子想着事，结果在去警察局的半道上，才意识到自己还穿着拖鞋呢。

吉万

妈妈第一次来警察局看我,哭着把一个便餐盒递给门卫,里面装满了家里做的吃食。她一次又一次送过来,期待这些食物能到我手里。于是,我对她说:"你何必给门卫做饭呢?"

我看到她哭了,而我的眼里没有泪水。

在我的要求下,今天妈妈递给我的不是做好的吃食,而是一个小袋子,袋口打了个结实的结,里面装的是金色的油,这是酥油。

"你拿这个做什么?"她问道。

我跟她讲了。

然后妈妈就离开了,所有的母亲都离开了,留给我们的是漫长的一天。在院子里,我看到三个女人扭打在一起。她们龇牙咧嘴,头发凌乱。这些女人尖声吵闹的起因是一块牛奶糖不见了。

这天剩下的时间,我们痛苦而绝望,因为我们都再清楚不过,这监狱不是人待的地方,但这话我们不能说出来,尤其不能跟妈妈说。这里有一个院子,一个花园,一间电视房,那又怎么样呢?门卫一次又一次地说我们生活得很好,我们的生活可比男监里的犯人强多了。可我们仍然觉得我们生活在井底,是一群青蛙。我们能对妈妈说的只有:"我很好,我很好。"

我们告诉她们:"我在花园里散步。"

"我经常看电视。"

"别担心我,我很好。"

我的活儿是在厨房里做飞饼,那里有一个大烤架,可以同时烤十只面包。[①] 一个女人揉面,一个女人把揉好的面拧成小团,然后拍成圆形,还有好几个女人把圆片卷起来擀成圆饼,扔在烤架上让我来烤。圆饼烤熟后,我用长钳子夹起来,翻到烤架旁的石面上。那儿有两个女人把飞饼上面的面粉抖掉,码放成整齐的一摞。

烤了一百二十个飞饼之后,我往烤架上倒酥油。那香味让我产生种种奢侈的联想,就像睡在羽毛床上,或者像我们

---

① 在印度北部,小麦是主要产物,面包(通常是大饼)包括"naan""roti""paratha""kulcha""puri"和"pappadam"等许多品种,是常见的主食。面包可以是实心的,也可以放进各种馅料。

的老女王那样在浴盆里洗牛奶浴。面团放在加热提纯出来的黄油里，我不停地用手翻动，面团边上变得很脆。面包鼓起来了，中间部位出现了棕色斑点。

我端了一盘去送给乌玛夫人。此刻，她坐在院子里的一张塑料椅上，胳膊搭在椅边，那样子就像个贫瘠小国的统治者。她四周是排列整齐的监犯，正在吃饭呢。乌玛夫人接过盘子，看着我，狡黠一笑。

"为什么这么做？"她说，"你这是干什么？"

她没有生气。

我退后一步，看着她吃飞饼。我听到脆脆的面团被咬碎的声音，也许是我臆想出来的声音。她把木豆①卷在飞饼里，送到嘴边。我像只胡狼一样盯着她，我的肚子咕噜咕噜地响了起来。

从一排排监犯和她们的孩子中间传来一个小女孩的哭声。有个男孩虽然刚刚吃过，但还是哭嚷着要吃的。每隔一天，监狱会给每个孩子发一个煮鸡蛋和一袋牛奶。除此之外，没有额外的食物。孩子们正处于身体发育期，身上的肌肉一夜之间就会拉长，却跟大人一样吃着不新鲜的咖喱饭。母亲们对此激烈地抗议，但她们的话又有谁会听呢？

乌玛夫人坐在椅子上扭动身子。她看着我，伸出了大拇指。她举起盘子给我看。光盘，她一口不剩地全吃光了。

---

① 木豆（Dal），一种带辣味的印度菜，用蚕豆、豌豆或小扁豆制成。

我跪在乌玛夫人脚旁，从她手里接过空空如也的盘子。我感觉到了膝下的绿藻湿漉漉的。

"那，"她舌头舔了一下牙齿，问道，"是怎么回事啊？"

"我有个哥哥，"我说，"他想来看看我。您能准许他过来看我吗？他叫普南杜·萨卡尔。"

我想笑一笑，在唇边挤出一丝笑容。

"嗯，哥哥？"她说，"你可从没提起过他啊。难道他一直住在山洞里？"

"不是，他在外地工作——"

乌玛夫人站起身来，双手叉腰，弓着背。她眯着眼看向天空，神情里透出极大的厌倦。她转过身来："你说的谎越少，对你就越好。天知道你每天说多少谎啊。"

说完这话，她就走了，留下我站在那儿，手里端着盘子。盘沿上沾有薄薄的一片飞饼，薄得像空气般毫无存在感，恐怕就连一只苍蝇也吃不饱。我用手指轻轻捏住，放到了嘴里。

爱儿

就算将来成为电影明星，现在也得挣钱生活。有天上午，我和姐妹们往腋窝里喷玫瑰香水，把头发编起来，手腕上戴上手镯。我们要一起去为一个新生儿祝福。人们认为我们这些海吉拉与神之间有一条电话专线。因此，我们前去祝福，这祝福就跟直接来自神一样。在这户幸福人家门前，我咔塔咔塔地摇晃着门锁。

"祝福，孩子妈妈。"我们大声喊道，想让这栋大房子深处的人也能听见我们的声音。没人过来开门，我后退一步，仰头看上面的窗户。房子的确很大，窗子上面挂着蕾丝窗帘。

"孩子妈妈！"我大声喊道，"我们来看孩子，开开门吧。"

我们面前的门终于打开了，妈妈抱着婴儿走了出来。她穿着只到腿肚的睡袍，油腻的头发紧紧贴在头皮上，那眼神好像是刚刚经历了一场战争。可怜的女人像河马一样打着哈欠。我感觉有了这个婴儿，我也许能让这位母亲开心起来。

我从妈妈手里接过孩子抱起来，呼吸着他皮肤上散发出来的奶香味。我一下子就喜欢上了他手腕上那些软软的褶子，还有肘弯里胖嘟嘟的肉。姐妹们在孩子上方拍着手，唱了起来："神赐予这个孩子长命百岁，愿他永远不会遭受蚂蚁的叮咬！神赐予这个孩子生活幸福，愿他永远不会缺吃少穿！"

婴儿眼睛睁得大大的，透出一副吃惊的神色。他也许还从来没出过这栋房子来到大街上，从未感受过人间尘烟，反正他肯定从未见过一群身穿盛装的海吉拉！孩子尖叫起来，小嘴张得大大的，露出了粉红色的牙龈和舌头，在我怀里哇哇地哭。他活像一只小动物，我们都笑了起来。他会一切安好的，我心中想道，因为他身上没有缺陷，不像我这样。

那个妈妈显然受到了惊扰，又把婴儿抱进去了。我们在等着抽屉拉开的声音，妈妈和爸爸数现金的声音。不过，现在这是怎么回事啊。她走进里屋，里面水龙头开着，水哗哗地流淌。从这里，透过大街上的喧闹声，我清晰地听到一个声音：她在洗手。她在把手上的我们冲洗掉。

这时，爸爸穿着短裤出来，给了我们海吉拉之家的大师阿尔琼尼·玛整整三千卢比。他把眼镜拨拉下来滑落到鼻梁上，从眼镜上方看着我们。其中有位姐妹调戏他，说要一台微波炉或旧电视机。他看起来很不开心，恳求道："姐姐，我到哪儿弄那些东西啊？瞧瞧我这一堆事儿，新生儿可麻烦呢。"

我呢，我只是想看看在他身后，那位妈妈正在干什么，在那黑暗的走廊里，她的手那么那么干净。

这种侮辱其实并不新鲜，但也不古老。我离开了这群人，匆忙赶往街上那家糖果店。店里有个长长的玻璃架子，上面摆放着装满糖果的小碟子。摆成金字塔形状的一摞糖果吸引了我，有的是干的，有的浸泡在糖浆里。其中有棕色脆球，油炸过，黏糊糊的；有白色的红毛丹，很甜很甜，让你想再吃点盐平衡一下；有乳白色的卡拉坎德干酪，还有我最爱吃的炼乳米布丁。相信我，我站在那儿把整个架子上的糖果都闻了个遍。我在感觉苍蝇嗡嗡地飞过糖果时的味道，还有那些放久了的糖果在天热时变馊的味道。

"这多少钱？"我问道，"这个呢？"

柜台后面的男人嘴里嘟哝着。要为我服务，他有点不开心，这我知道。后来我买了小小的一碗奶豆腐汤圆[①]，十卢比，那男人把它放在干叶子编织的小碗里递给我。我把碗举到前额上，表示感谢。买糖果可不是件小事，这对今天来说

[①] 奶豆腐汤圆（Roshogolla），印度流行的传统点心，通常是以水、牛奶、豆腐和面粉混合，然后放入糖浆里煮成。有些时候还会放入石蜜以使汤圆呈现不同的颜色。

足够了。我的生活就是这样向前的,既有当面的侮辱,也有嘴里的糖果。

将来有一天,我要是当上明星,那个妈妈会后悔她居然把她手上的我洗掉了。

晚上,姐妹们身穿外出时的漂亮纱丽来到我房间,鸟儿般大小的蚊子也快乐地飞了进来。有个姐妹说:"警察问你什么了吗?"

吉万确实在教我英语,警察肯定会来询问我。他们怎么还不来呀?

房间的一角,一卷电缆线挂在钉子上。有个姐妹扯下一根线,把它插进地板上那四四方方的电视机里。她啪啪地拍打着电视机顶部,电视机醒了过来,经典电影《天生一对》闪亮登场。

电视里播放着歌舞,阿尔琼尼·玛那双老花眼凑近笔记本,看我们这星期挣到了多少钱:一场婚礼挣了五千,给新生儿祝福挣了三千,在火车上挣了几百卢比。

我脑子里在想其他事。谁会喜欢警察呢?谁也不会。但我还是希望有机会跟警察说吉万是在教我英语。吉万不可能是罪犯,她不可能是。我想把这些告诉警察。

"要是警察来了,"阿尔琼尼·玛后来告诉我,"跟他们说话一定要小心啊。但也许最好还是躲得远远的。"

我们都知道惹警察不开心的海吉拉会怎么样。像我们年轻的姐妹拉多，她去警察局报案，说有个巡警骚扰她，结果被关押起来的却是她。她在监狱里待了好多好多天。多年前，我可能还会不停地问这到底是怎么回事。而如今，我明白问这些问题一点用都没有。现实生活中，许多事情发生了，没有任何原因。你可能在火车上乞讨，却被人往脸上泼了硫酸；你可能躲在女士车厢里寻求安全，却被女人们踢了。

我有一次也差点被警察拘捕，当时我在红绿灯附近乞讨，有个叫查特吉的警察抓住了我。他说："你在我的地盘上干这种蠢事？"

"你说什么？"我向他发出质问，"难道我不能站在这条路上？"我说话的样子像个英雄。那时我初来乍到的，什么也不懂。

多糟的事情都可能发生。不过这位警察是讲道理的人。我给他买了一根烟，又帮他点上，他就放我走了。

吉万

在监狱里，我们的主要活动就是等待。我在等着阿美里坎迪确认那位记者能过来，等着乌玛夫人对此事能装聋作哑。在漆黑的夜晚，我想知道这是否可能。如果我的手是锹铲，它们会从牢房挖到花园墙外。那儿公交车呼啸而过，乞丐四处闲荡，戴太阳镜的女人们在买炸肉饼，喝晚茶。

早上，我排队吃早饭。人群中有传言说有人在登记室看到了家喻户晓的电影制片人索娜丽·汗。大家都欢呼起来。她来这里做什么呢？我们都在想。她开车撞人了？她把钱藏在瑞士了？

"你们啊，"阿美里坎迪排在我前面，"都啥也不知道。是那头犀牛的事。"

这位电影制片人曾经躲在吉普车后面射杀了一头濒危的犀牛。这头犀牛的阴魂缠着她，她最终受到了惩罚。现在她要跟我们住在一起了，可以跟我们说说电影的事。

亚什维说："那我们肯定得买台新电视机了！"

"这台电视机怎么了？"阿美里坎迪不高兴了，"你要是不喜欢，看你能不能自己弄台新的来。"

"不是，我不是想……"亚什维看着自己的脚。我知道她做梦都想要一台不闪屏的电视机，遥控器能用的电视机。

科姆拉入狱前抢劫过一家人，用铁棒把那家的妈妈给打瘫痪了。现在，她想到即将要吃的饭菜，口水忍不住流下来。

"咖喱鸡肉。"她喊道，脑袋在队伍前后晃来晃去，想把一切都尽收眼底，"我们肯定能吃上咖喱鸡肉饭，定期会有的！"

她一根手指伸进耳朵，起劲儿地往里掏，想挠一个发痒的部位，却够不着。"也可能是羊肉，谁知道呢？"

我听着，感觉自己还离得很远。

我们回到牢房，乌玛夫人来查岗。我和她四目相对。

"您把我哥哥写在名单上了吗？"我问道。

她面无表情地看了看我，继续往前走，别在屁股后面的钥匙链晃得当啷乱响。阿美里坎迪垂涎《灯塔日报》采访我的那二十万卢比，于是她一跃来到门口。

"乌玛，"她叫道，"过来。"

监狱走廊里一直起伏的喋喋不休声和叮叮当当声一下子停了下来。

乌玛夫人慢悠悠地走了回来，这期间是漫长的寂静。

"你刚才说什么？"她轻声说，"我是你的什么好朋友吗？跟我说话放尊重些。"

隔壁牢房里传来一声口哨声。

"干什么呀，现在是电视时间！"另一个人喊出了自己的意见。

"好了，乌玛夫人。"我的狱友说，"这个可怜的姑娘，"她接着说，噘着嘴巴，声音响得整个过道里的人都能听到，"让她妈妈带酥油来给你做好吃的。你还不让她见她哥哥？可惜啊！她妈妈会怎么想！"

"让她见见男朋友吧，看在上帝的分上！"有人大笑着说。

乌玛夫人站在那儿没动，我从阿美里坎迪身后看着。

"别再打扰我查岗了。"乌玛夫人轻声说道，然后就走了。

又是几个星期过去了，什么事都没发生。院子里？没有看到索娜丽·汗。电视房里？还是那台破电视机。每到新的一周，这里的女人就把希望寄托在另一个不同的日子，索娜丽·汗肯定会在这个周日或下个周四给送到这里。后来我们听说索娜丽·汗正被软禁，这意味着她还住在自己家里，像从前一样。对富人来说，就连"监狱"一词的含义都不一样啊。你能怪我如此渴望成为——都不是富人，只是——中产阶级吗？

· 66 ·

体育老师

体育老师第二次参加众福党的集会，站在离舞台很近的地方。

"你们可以亲眼看到，"比马拉·帕尔接着说，"这个政党——"

话筒里传出刺耳的声音。比马拉·帕尔后退了一步。人群沸腾起来，挥舞着小旗子。体育老师手里也挥舞着小旗子，是上次集会留下来的。

"这个政党给全邦的各个地区带来了，"比马拉·帕尔接着说，"汽车零件厂——"

话筒又发出刺耳的声音。人群窃窃私语，有人用手掌捂住了耳朵。

"这家工厂雇用了三！千！——"

刺耳的声音又响了起来。这次比马拉夫人面色严峻地环顾四周，想找技术人员上来修修。许多助理急忙从她身后奔出来找那个管音响的家伙，也许他找地方抽烟去了。人群无聊地骚动起来。

在这个让人抓狂的关键时刻，体育老师侧身冲上前去，伸出了手。

"让一下，"体育老师喊道，"让一下！"他两步并作一步跨上舞台，让比马拉·帕尔的保镖相信他只是上来修修话筒。体育老师摆弄电线，测试插孔，然后把话筒挪到离讲话者稍远的地方。他走过去，说道："测试一下，测试一下。"

他的声音在人群上方回荡，响亮而又清晰。

体育老师那咚咚狂跳的心才平静了下来。

比马拉·帕尔继续她的演讲。有人让体育老师坐在后台的一把塑料椅上，从那儿他看到有众多参会者聚集在这个地方。这得要好多体育馆才能装下的人，他们的脑袋密密麻麻，就像蚂蚁腹部一样。这些人不是那些消耗他时间的、被宠坏的懒学生，也不是那些放学后成群结队看孟加拉语侦探电影、吃中餐面条的中年女老师。他什么时候在这么多爱国人士中间待过呢？这些人投入到了国家的发展之中，他们来田地上听一场知识分子的讲座，而不是待在家里，躺在被窝里睡个午觉。

比马拉·帕尔讲完后，来到后台向他致谢。体育老师从椅子上跳起来，双手合十表示问候。

"我就是个学校老师。"体育老师朝大路方向指去，"是高希女子中学的老师。"

比马拉·帕尔向前倾了倾身子。

"那所学校?"

"没错,那所学校。"体育老师回应道。那个恐怖分子就读过的学校。"在我们学校的典礼上,我经常调试话筒,所以……"

两个人都转身看话筒,此刻话筒已经关闭,闷不作声地待在架子上,有人给它戴上了花冠。

"哦,老师先生。"比马拉·帕尔说,"您的到来是我们的荣幸。"

体育老师的妻子之后会说:"这句话是责怪你上了舞台!难道你不知道政客们总是说反话吗?这叫外交辞令。"

但是体育老师很开心,这位受人尊敬的公众人物注意到了他!比马拉·帕尔身后的一群助理纷纷点头,异口同声表示同意这种看法。

比马拉·帕尔把纱丽披在肩上,接着说:"我们需要您这样受过教育的人支持我们众福党。一定要有更多受过教育的人来关心我们的国家,关心我们这个邦的现状。因此,看到您这样的老师出现在我们的集会中,我特别高兴。"

体育老师张开嘴想说点什么,他必须得澄清自己教的是体育课。他不是她心目中的那种老师,他只是——

这时有个男孩手里端着萨莫萨炸饺出来了。之后还有鸡肉比尔亚尼饭①,在场的所有人都有份。场上的人们躲开电视摄像机刺眼的光照,从一辆谨慎停放在那儿的面包车后面拿到了炒饭餐盒。人们静悄悄地拿起餐盒,散开了。

出了个麻烦,田地里的人要比炒饭餐盒多。人们扭打起来,分发餐盒的那人立马把面包车的后门关上了。比马拉·帕尔和她的跟班都转过身来,体育老师也看到了。

有个离舞台很远的人用手指着另一个人:"这人拿走了三盒!他把饭盒藏在包里。"

那个人反问他:"你说谁是贼呢?"

一只张开的手掌扇上了一张脸,一条腿朝着另一条腿踢去。

比马拉·帕尔此时已经悄然离开,手捂着嘴巴在打电话,在说一件更紧急的事情。她的一位助理转向体育老师半开玩笑地说:"唉,老师,瞧瞧这些惹是生非、不让人省心的孩子啊。"

其他助理压着笑,这些年轻男子手里都拿着两部手机,等着看这位老师的反应。

体育老师感到有好多双眼睛在盯着他,这种压力微妙而巨大。他走到舞台边上,坐在脚下的软垫子上,大声喊道:"兄弟们,兄弟们!每个人都有食物!你们怎么像孩子那样

---

① 比尔亚尼饭(Biryani),印度特色美食,用羊肉或鸡肉与酸奶、香草、香料、干果以及煮熟的米饭炒制而成。

打起来了。"

人群朝他看过来。

"你们是小孩吗,"体育老师接着说,"居然做出打架这种破坏集会的事?你们想当着那边那些记者的面给党和这儿的长者带来羞辱吗?"

"你是谁啊?"有人冲体育老师喊道,"先生,凭什么你来告诉我该怎么做?"

不过这场架到底还是泄了劲头,两人嘴里骂骂咧咧地走开了。体育老师回到自己的座位,拿起了炒饭餐盒。这时,有位助理拦住了他。

"请等一下。"他说,"米饭凉了,请等一下。"

他喊着茶童——"乌塔姆!"——让他马上拿过来一盒"贵宾盒饭"。一盒热气腾腾的新鲜炒饭给体育老师送来了,里面有两片羊肉。

"我今天不饿,"回到家里,体育老师说,"我吃了比尔亚尼饭。你猜我跟谁一起吃的?比马拉·帕尔!"

他妻子正在打电话,听到这话抬起头来。电视机里新闻播放的声音很轻柔,体育老师重重地坐在了沙发里,拿起遥控器。他把音量调大,屏幕上有位记者在大喊:"这名恐怖分子嫌疑人用一种非常现代的方式传播反国言论,看看她是如何使用脸书——"

体育老师换了另一个频道,新闻主持人说话轻声细语:"亲爱的观众们,除了往火车里抛掷火把,我再给你们说说她做的其他事。她还在脸书上发布反政府言论,天知道还有没有其他平台,这么多年——"

"可要当心,"体育老师对妻子说,"你在脸书上做的事啊。那儿到处都是罪犯。"

"你这脑袋里啊,"她说,"都是这些东西。我就在脸书上看看烹饪视频而已,跟那些完全是两码事。外国人做的东西那么好吃,你都不知道,像是抹了发泡奶油的苹果派!我从没见过这些东西。奶油还是罐装的。"

到了睡觉的时候,他们钻进蚊帐。体育老师给妻子讲了白天发生的事,她听了大为赞叹。"想想吧!"她说,"在众福党集会的时候,你挽回了局面!"

有只蚊子跟着他们钻进了蚊帐,在他们耳边嗡嗡地叫着。等蚊子停落在被单上,她瞅准了,使劲啪的一下打过去,被单上立马出现一块血渍。她把打死的蚊子拿下来,扔到了窗外。

她站在窗边,关上窗子,把窗帘也拉下来了。这时候,她说:"我能跟你说点事吗?"

体育老师等着她开口。

"我不了解那些政客!"她说。

体育老师叹了一口气。

妻子接着说:"你为他们做事的时候,就像这次他们的技术人员不在场,而你帮了他们,他们让你感觉很好。在舞台上,在那么多人面前,谁不觉得自己像个贵宾呢?但是呢,要是跟这样的人打交道——"

这话让体育老师大为恼火。他脑袋枕在薄薄的枕头上,心里纳闷妻子为何容不下他生活中出现令人激动兴奋的事情。她生气了,这他能感觉到,因为他对她做的酸奶鱼不感兴趣。她生气了,因为他肚子里塞满了从商店买来的炒饭。然而他是个男人!他是个有更大能力的男人,不能只在家里吃她做的饭菜。

"嘻,"体育老师尽可能用平静的口气说话,这在黑暗中更容易些,"你担心什么?我只不过是去了一场集会。"

她不声不响地钻回床上,沉默得让人感到压抑。"你去了两次。"她终于开口了。停了一下,她又开口了。"拜托,算我求你了,"她说,"不要再去什么集会了。"

这句话让体育老师想了好几个小时,直到深夜降临这所房子,把他们的家具变得陌生,不管是嘎吱嘎吱声还是敲击声都显得很响亮。不知什么地方的时钟指针在滴滴答答地摆动,远处响起了一阵救护车的鸣笛声。

吉万

今天是探访日,坐在长条凳子上等我的不是我妈妈,而是一个男人。他留着胡须,腿上放着一个布包。他拿起脚下的塑料袋递给我,柔软的手指触碰到我的手指,我有点震惊。

这个包很重。我看到里面有一把香蕉,还有一袋曲奇饼干。

"你是……"我问道。

"普南杜。"他说道,没有说嗨,也没说你好。这人样子很温和,比我见过的记者都温和。"你身体还好吗?"他问道。

"还好。"我回应道。我又往那个包里看了看,里面装的香蕉黄澄澄的,上面一点磕碰都没有。我想把这些香蕉全都吃掉,现在就吃。

"坐下吧。"看我还在那儿站着,普南杜招呼我道。

"这里不许记笔记。"我指着他手里的钢笔说,"他们没有跟你说吗?"

"噢。"他说道,低头看了一眼手里的钢笔,好像刚刚才注意到似的。他把笔放在我俩之间的凳子上。"那这就没用了。"他笑着说。他的话里有玩笑的成分,我没听明白。这是说笔呢,还是……?

"请什么也别做,要不然他们会把你踢出大门。"我说,"我想把一切都告诉你,但你得答应把真相刊登出来。别家报纸都在刊登垃圾、谎言,他们对我的事情一无所知——"

"我就是要做这个,"他说,"报道真相。我来这儿就是为了这个。"

他瞥了一眼墙上的时钟。站岗的看守站在远处的一角,望着我们。

"讲讲你的事情吧。"普南杜说。

我小的时候,住在——

你需要了解我的童年才能知道我是什么人,也才能明白这种事情为什么会发生在我身上,请相信这一点。

"先告诉我一件事。"普南杜说,"是你干的吗?"

我舔了舔嘴唇,努力直视他的眼睛,然后摇了摇头。

在我生活的村庄里,煤尘飘进我们的耳朵。我们擤鼻涕的时候，攥出来的都是黑乎乎的东西。没有牛，没有庄稼，只有那该死的深沟，而我妈妈用铁锹挖呀挖呀，她站起身时，头上顶着一篮子黑石头。

"你看见过她干活吗？"普南杜问道。

"见过一次，"我对他说，"后来再也没有。"

看到她这样干活，我真是吓坏了。晚上，我把她的手握在我的手里。她掌心的线纹——他们称之为生命线——是唯一未被染黑的皮肤。

很多时候，我去上学，就是为了能吃上免费的扁豆米饭午餐。有传言说过节的时候我们能吃上鸡肉。有人说他们看到有个人骑着自行车朝我们学校的方向过来，车上载了好多只鸡，鸡的腿都给捆绑着，倒挂在车把上。这些白母鸡一声不叫，朝渐渐远去的道路眨巴着眼。然而，众所期待的这辆自行车根本没有来过。

我坐在这个班里，坐在那个班里，这都无所谓。语言老师因为举行婚礼好长时间没来学校，现在又出现了。她嘴里嚼着包有酸橙和槟榔果的帕膪[①]，让我们把姓名写在考卷上。有一天，她提醒我们说："如果可以的话，在那页纸上贴五卢比。"

如果我们这么做了，她就会把试卷其余部分填上。

[①] 帕膪（Paan），一种用槟榔叶包裹着槟榔果与其他香料的混合食物。

不久，只有山羊去学校了，在走廊上留下堆堆羊粪团儿。

"告诉我，"我说，"你听完这些有什么想法？我的生活起点是什么样？"

普南杜看了看我，悲哀地笑了。"这就是我们的国家。"他说。

后来，警察过来驱逐我们。有个公司要开采我们居住的这片土地，因为这里富含煤炭。他们怎么会看着穷人坐在大堆金钱上，在上面洗澡、睡觉呢？

整整有一个星期的光景，我们在塑料袋里拉屎，然后把袋口绕紧系起来；我们在汽水瓶里撒尿，把瓶盖拧紧，然后制作成我父母称之为炸弹的东西。我爸偶尔用来运送矿工的人力车停在外面，手风琴般的车顶折叠了起来，蓝色的座位闪闪发光。我乞求神的恩赐，他能把人力车藏在什么地方呢？

我们在小屋里等着，风啪啪地拍打着油布。我们嗓子眼干燥，但谁也不愿意离开自己的房子去市政水龙头那儿。

警察来得很晚。

他们来了，手里握着竹条，紧跟着的是推土机的轰鸣声。我看着推土机的轮胎花纹，心里怕极了。妈妈啪的一下打在我脑袋上,说道:"嘴巴张那么大,看什么呢?没听见我喊你吗?"

再打我一次,妈妈,此刻我心中想道。我会像接受祝福一样承受它。

我摇了摇头,把汽水瓶盖松开了一些,这样瓶盖会在半空中飞落下来,瓶子里的东西就会溅到警察身上。我把装着尿的炸弹冲警察扔去,手指沾上了尿液的渍迹。我解开塑料袋,把干硬的屎块儿朝他们扔去,粪便的粉尘让我们直打喷嚏。

看到我们那些可怜的武器,警察大笑起来,架在皮带上的肚子跟着颤动。他们有条不紊地挥动着手里的竹条,把我们的石棉和油布屋顶都抽打下来了。由于用力过度,他们嘴里发出吭哧吭哧的声音,有的还大声喊着。有位温和的警察把闪闪发光的石棉块排列在光秃秃的墙边,好像会有人过来拿似的。

很快,我们的房子便裸露在太阳底下,石灰墙和裂缝的角落都一览无余。房子现在看起来就跟从前根本没住过人似的。

看到我们的房子这么轻而易举地就给拆倒了,我内心极度震惊。我知道,这一切会发生,然而竟是眼前这种情形?我们从前点着煤油灯在里面吃饭的厨房,我们曾在里面给彼此梳头的房间,现在屋顶都不见了,很快它们都会被击碎,变成一堆破砖烂瓦。

我们扔炸弹的消息传到了警察局。新一批警察赶到了,这次都头戴帽盔,手里拿着像椅背一样的竹制挡板,用来挡开刀子和石头。他们听说"炸弹",还以为真有炸弹,心里特别生气。我们其实并没有真家伙,只有自己的身体和声音,还有很早以前攒下来的粪便。

有个警察扬起竹条要抽打我妈妈。她尖叫起来,朝他扑去。她的声音听起来既压抑又像在咆哮,脸色气得铁青。她的纱丽舒展开来,落到我们脚下的土和粪便里,宽松的衬衫从肩上滑落下来。

"别动我们的房子。"她尖叫道,"我们以后住哪里啊?"

直到这个时候,我还天真地相信另一栋房子会神奇地出现。然而,在妈妈判若两人的转变中,我看到了真相:我们无处可去了。

另一名警察拽住妈妈的腿要把她拖开。我内心充满恐惧地看着眼前这一切,扬起胳膊把他推开,挥拳奋力朝他脸上打去,把他的眼镜打飞了,然后用脚踩碎了。我妈妈吃力地爬起来,往后退了几步,尖声叫骂着。她的声音撕裂,一丝一丝地淡弱下来。与此同时,有人砸烂了我爸爸的人力车。我茫然不解地看着折弯的车轮和劈裂的座位。我爸爸跪下来,徒劳地想把链条重新装到已经毁坏的车上。

房屋坍塌了。我们曾经住处的墙壁和屋顶都变成了危险之物，碎片砸到我们脑袋上，飞尘呛得我们止不住地咳嗽，地上是成堆成堆的墙漆和砖头。警察终于平静下来，手里的竹条软塌塌地耷拉着，那样子看起来是吓坏了，也许这些房屋看起来太像他们自己的房子了。后来，有个警察用恳求的语气对我们说："上面的命令，我还能怎么办呢？"

"时间到了，时间到了。"一个看守喊道。她在房间里大步走着，用棍子敲打每个长条凳。我们的时间到了。

我的"哥哥"普南杜站起身来，把布袋挎在肩上。

"下周，"他说，"下下周，下下下周，一直下去。"

普南杜的话在我耳边回荡，犹如甜美的长笛声。我看着他穿过一扇如魔法般自动打开的门离开。我转过身，里面有个女人在使劲地用头撞墙。曾经，我或许也会这样，但现在我不会了。现在我从她身边飘过，她的擦伤是她的，不是我的。我在要出去的路上。只要报纸上刊登了我的故事，门就会为我打开。民众的感情走到哪儿，法庭会紧随其后。自由不会出自成箱成箱的文件和关于合法性的斗争，而是出自全民的呐喊。

我从那个女人身边走开。这时有个看守过来，用一种极其厌烦的语气对她说不要再撞墙了。

"你在干什么，"看守声音嗡嗡的，"马上停止。"

那个女人停下来，转过身，一头撞向看守。

"哎哟！"整个走廊都倒抽了一口冷气。

那个女人被带走了，她尖声叫喊着。她会受到他们所谓的"治疗"。

插曲
一名在贫民区拆除过程中滥用暴力而遭解聘的警察有了新工作

"公路。"你瞧，此处用了个这么华丽的辞藻，其实这只是一条路而已。它直直地穿过森林，砖石铺地，下雨的时候路面坑洼不平。看到红色土壤的山丘了吗？那是白蚁丘。过去那里有鹿，不过一整年我们都没看见过。我和朋友们通常晚上过来，没错，常常在晚上，十点钟，十一点钟。老婆孩子都入睡之后，我们就出来了。

就我个人来说，自从因为十多年前那次可恶的贫民区拆除失业之后，我就再也没有过正儿八经的工作。我干点这活儿，做点那活儿。有时干点运输，有时干点进出口，有时赚点中介费。我就是靠这些零活儿凑合着生活。

如我上面所言，这些天，我和朋友们来到这条公路，把车停在路边等着。有一次，有个贫穷的老村民——也许在村里站岗放哨——跟跄地走过来，对我们说："怎么了，孩子，你们的车坏了？"

我们大笑起来。"爷爷，"我们对他说，"你见过这种车吗？这是外国车！没坏！"

"你去吧，"我们对他说，"去睡觉吧！去吧。"

老人明白了，然后就离开了。要不然，我们年轻些的兄弟手发痒，就会用他们手里的弯刀做其他事，而不是割草，你懂我的意思吧？

一辆卡车慢慢地驶来，它有运牛车的一大标志：后面滴着液体。哦，可能是水。真是水吗？也可能是牛尿啊。这意味着卡车上载的可能是牛，那些狗杂种要把神圣的母牛送去屠宰。我们把阻止屠宰母牛作为我们的工作。如果我们不保卫我们的国家，不保卫我们的生活方式，不保卫我们的神圣母牛，谁会来做这件事呢？我们挥舞着手电筒，让车停下来。

卡车停了下来，我们的人绕到车的四周，砰砰地敲打着卡车，这样车里的牛就会乱动，我们也就知道卡车里装载的是不是牛了。我们什么动静也没听到。这时，前面的司机大声喊道："你们在干什么呢？这车里都是土豆！我在往冷库运土豆！"

"那这水是怎么回事？"我们当中有一位提出质疑，把他的弯刀拿在身边。

"下雨了!"那个司机喊道,"这儿没下?"

他说的是真话,于是我们放这辆卡车走了。

我们都是讲道德的人,我们都是有原则的人。

跟你说吧,有些人对我们的国家一点也不尊重。他们对母牛也一点不尊重,为了吃牛肉、割牛皮而袭击牛,做各种令人憎恶的事情。这种人真不配在社会上存在,你说对吗?

体育老师

印度共和国日一大早,空气污染产生的烟霾让天际线柔和极了。孩子们睡眼蒙眬地站在国旗前唱国歌,观看表演的老师们用手帕捂着鼻子,挡住烟霾和寒意。

该学生们游行了。体育老师走过女学生队列,提醒她们把胳膊挥舞得高高的,敬礼时不要无精打采的。他检查了学生们的校服,白鞋子很干净,指甲也都修剪了。体育老师差不多要做完最后的检查了,这时校门口传来一阵低沉的骚动声,有人过来了。

校长带着一小群人,给后面跟着的那人领路。体育老师看到了熟悉的橘黄色头巾松松地围搭在一个身穿白纱丽的女人脖子上。听到他发出惊讶声,比马拉·帕尔嘘了一下让他安静。

"我在隔壁有工作,就待一会儿。"她说。

有个学生飞快地搬了一把椅子放在前面,接着又准备了几把椅子给后面跟着的助理和保镖。另一名学生被派去买茶和新鲜出炉的咖喱角,这种油酥糕点里面包着辣土豆和豌豆。校长在忙乱中找不到那个小现金盒,从她自己的钱包里掏钱递给了学生。

比马拉·帕尔表示反对:"请不要为了我忙活。我就是过来看看,虽然你们的老师没有邀请我!"

她一边说着一边看向体育老师逗笑。

体育老师咬着嘴唇,摇了摇头。"我怎么能邀请您来这么上不了台面的场合呢?"他说。

成排成排的师生目瞪口呆地望着这位大腕级来访者。她的保镖鼻梁上架着墨镜,谢绝了专门为他们摆放的塑料椅,像一堵墙站立在她身后。

比马拉·帕尔坐了下来,面前摆放着一盘咖喱角,脚旁放着一个陶制杯,杯里装的是奶茶。校长主动说:"体育老师是我们最为器重的教师之一。"

体育老师看着她,感到非常惊讶。

"他深受学生爱戴。"校长接着说,"确实,正是他的辛苦付出促成了这个仪式。"

听到这些谎言,体育老师礼貌地笑了笑,然后转身带学生开始游行。女学生排成单列,看到比马拉·帕尔时膝盖会抬得更高一些。她们声音清脆,合着节拍喊道:"一二一!一二一!"

体育老师看着这一切,操场上满是他的学生。他的背像根杆子那样直挺,一支钢笔精干地插在衬衣口袋里,他的下巴已抬得高了些。

在家里,体育老师的妻子给他端来在炉面上烹制的奶豆腐烤串。

"别摆出那副面孔。"她说,"奶豆腐对你有好处。想想你的胆固醇,你应该少吃肉。"

于是体育老师拿起切成小方块的食物,吃起来有点干。

"没有筒状烤炉是做不出来地道的烤串的,"他妻子回应道,声音里有点不高兴,"那就别吃了。"

不过体育老师还是吃了。他一边吃,一边给妻子讲比马拉·帕尔来学校的事。众福党的二把手来到他所在的学校看他主持的仪式。

"你也太容易被花言巧语蒙住了!"他妻子说,"她是来看那个恐怖分子是在哪上的学。你以为还能是为了什么?"

然而,就在体育老师的自尊心遭到妻子打击的几星期后,体育老师从学校回到家,看到邮箱里有一封信。他走到屋里,坐在沙发上,撕开信封,结果看到的是信头有"众福党"字样的邀请函。体育老师一下子从沙发上跳起来,在妻子眼前晃动着这张邀请函。妻子当时正坐在餐桌旁,往划开的鸡胸脯里塞奶酪呢。

"瞧瞧来了什么!"他说,"他们是怎么知道我的地址的?"

妻子在克米兹上擦了擦手,接过那封信。

"他们有自己的办法。"她笑着说。

为了参加这场将在周一举行的特殊活动,体育老师向学校请了半天假。

参加活动那天,体育老师乘坐火车,然后坐人力车来到科拉巴干贫民区。人力车从主道下来,驶向贫民区的小巷。体育老师紧紧攥住放在腿上的小皮包。遇到坑洼的地方,车会猛地向前,或弹跳起来。他们先是穿过砖头砌成的房屋,接下来是半砖房,然后是铁桶和油布遮盖着的棚屋。体育老师知道,吉万家就在附近。于是,他愈发密切地观察着周围的环境。在一处角落,水从市政水龙头中流淌出来,男人们把格子布围在腰间,正在用肥皂搓身子。他们闭着眼睛,脑袋上泛着白色泡沫。人力车继续前行,车夫的腿在啪啪地飞快跑动。在一家茶店前,茶客们坐在摇摇晃晃的长凳上,跷着二郎腿,手里端着小杯子喝茶,看着体育老师的车从他们面前驶过。

人力车把体育老师送到了目的地。他看到一个小学前面聚集了一群人。这所学校在附近火车站被毁时也遭到破坏,最近几个月已经翻新,正准备重新开学,由众福党主持盛大的开学典礼。这所学校不过是一栋只有五间房的简易房屋。外墙的壁画上有狮子、斑马和长颈鹿，它们在一群兔子旁边走来走去。画中的太阳四周有浓密的长毛，就像狮子的鬃毛一般，正冲着它们笑呢。一位有公德心的艺术家在往下靠近地面的地方给过路人写了一条警示：不要随地小便。

这里有些孩子——大概是学生吧——手持扫帚，在学校房子周围扫地。他们这样弯着腰：一只手放在膝盖上，另一只手握着扫把，一颗尘粒也不放过。孩子们的姿势是那种服务的样子，这让体育老师大为感动。学校就应该这样教导学生，他心中想道。他们学校为什么不向学生灌输这种情感呢？

众福党的一位助理来了。他认出了体育老师，在他背上猛拍了一下，问他这所学校的房子怎么样。体育老师说："一等一的！"

"你看房子里面了吗？"助理问道。两人走向门口，朝里面窥视。

这房子空空的，看起来很不完备，体育老师这才意识到这里不会有长凳和椅子，孩子们习惯坐在地上。也许他们会共用一本教材，一直复印到不能再印了。第一波捐赠物品用完后，他们会把铅笔头含在嘴里写字。

不过，他们将重返校园。

"瞧瞧我的那些学生。"体育老师分享自己的看法，"她们吃饱喝足,不愁衣穿,有学上,享有各种便利舒适。"

"我儿子,"助理表示同意,"每门课得去上额外的辅导,英语、数学、化学,每科都有。我在想,他们在学校到底教他什么?如果他们不教他学科内容,那他们教他行为礼仪、对国家忠诚等等等等吗?不教!"

一盒糖果出现在面前,两人停了下来。

"拿我的学生作例子,"体育老师说,"她们在学校会扫地吗?她们会画这么漂亮的壁画吗?永远不会!因为她们——"说到这里,他停下来嚼嘴里的糖,"在尽力逃出这个国家。她们起劲儿撰写美国大学申请书,反而忽略了学校的考试,结果考试不及格,就哭着喊着找借口——她们有 SAT 1!她们有 SAT 2![①]这些毫无意义的考试算什么?为什么学校允许这样的人才流失呢?"

这位政党人士专心听着他的话。吃完糖之后,他把手上的碎屑拍掉,然后就像勤奋的小学生那样把手指紧扣放在背后。"你瞧,问题是,"他加入了谈话,"我们教孩子许多东西,却不教他们民族情感!他们缺乏爱国情感,你不觉得吗?在我们这一代人那里,我们懂得我们求学是为了……是为了……"

"为了帮助他人,"体育老师主动说,"为了改善这个

---

① SAT 是由美国大学理事会主办的高中毕业生学术水平考试。SAT 1 是综合水平测试,SAT 2 是专项水平测试,考察某一科目的能力。

国家。"

"一点不错！"

体育老师回到学校时，心里还一直有这个念头。女学生们跑了一个简单的接力赛，气喘吁吁的，她们手里拿着棍子，跑完之后就跪在地上直喘气。她们举手击掌，笑声太响了，结果三楼的一位老师出来严厉地瞪了她们一眼。

这种教育的意义何在？一天工作结束了，体育老师走在小巷里，脑海中闪出这样的问题。在他周围，姑娘们嘴里吸吮着冰棒，张着橘色的嘴巴大喊道："再见，老师！"

吉万

普南杜第二次来的时候,我努力按照他看问题的方式来看一切。看守来回走动,汗臭味从她身上冒出来。我们四周的长凳是探视者和犯人坐的地方,它们之间有一个人的间隔。墙上用漆写着探视要求:

请把家里带来的食物全部交给监狱管理人员

请不要有身体接触

请尊重他人,低声讲话

任何手机或摄像机都会被没收

"我的第一部分故事刊登出来了吗?"我追问道。

普南杜又把那只根本用不上的钢笔放在我俩之间的长凳上。看守看到了,但不论这是什么,她都不想管这事儿。

普南杜笑了:"我们才刚刚开始!一旦有了全部故事,我的编辑会帮我——"

"你为什么需要编辑?"我指责道。然后,我努力让自己礼貌些:"我需要你们把这个故事刊登出来。我跟你讲述了这个故事的前前后后,讲得有条不紊,就是事情本来的那个样子。刊登出来吧。你得快点,明白吗?"

普南杜看着我,拍了拍我放在长条凳上的手。他的手指好软啊!我真希望他能一直把手放在那儿,放在我骨瘦如柴的手背上,我指关节长出汗毛的地方。

"事情不是这样运转的。我们想让公众了解全部真相,从头至尾,而不是这个地方说一嘴,那个地方写一笔。你相信我吗?"

被驱逐出家园后的那个早上,我们在一个不太开心的阿姨家里醒来,她的房子在附近的村里。爸爸抱怨说"有点疼",他的脖子僵直,要往哪边看的时候,整个身子都得转过去。这个新村庄挨着焚烧垃圾的地方,腐烂的味道和冒出的烟气让我们感到恶心。我看得出来,爸爸受伤了,也许是警察的殴打造成的。

我妈妈也骨头酸痛,静静地躺在床上,沉默不语。我担负起了家庭的责任,一下子成为我父母的父母了。我带爸爸去看大夫。阿姨告诉我们,这位大夫所在的诊所是地方政府医院的分院,这里的大夫给穷人和没文化的人看病,收费不超过二十卢比。

整个医院看起来就像一个村庄。在树下,在门廊里,每个阴凉处都有一家人，每个家庭都围着一个病人。病人躺在铺开的报纸上，要么痛苦呻吟，要么面无表情。我爸爸从他们身边径直走过，目视前方，其他东西一概不看。我们走进医院里，填完表，付了二十卢比，然后坐在一间屋子里。屋子上方有个吊扇，扇叶上布满毛茸茸的灰尘，压得扇叶都转不动了。我爸爸把手轻轻放到肩膀上，其实他并不是在揉肩膀，而是力图用一种方式抚慰它，却做不到。大夫终于叫到我们了："病人团？谁是病人啊？"

"这位先生，"我开口了，用充满敬意的指称词称呼我爸爸，"他肩膀疼得厉害。"我们吃力地挪进那间狭小的房子，坐在两把椅子上。椅子都是编织的，这么多年来接待过成百上千的病人，差不多要扯裂开了。墙上挂着日历，上面是脸颊红扑扑的娃娃。"请看看他肩膀到底怎么了。"我对大夫说。

我爸爸看着大夫，眼睛里闪着泪花，他强忍着不让眼泪流出来。

"摔倒了，还是怎么了？"大夫问道，透过眼镜片瞅着我们。

"没有，是他们打的。"我说。

大夫问道："谁打的？"我爸爸立马就开口了。

"路上的人。"他说，脸上展现出浅浅的微笑，"谁知道是什么人呢？这没关系。我来这儿开点药，我昨晚没睡着，因为——"

我爸爸痛得叫了起来。大夫把冰凉的手放在我爸爸的后背上方，按压在不同部位上。我爸爸的双腿曾经蹬着人力车拉着三个人上坡，蹬车时后背使劲往前，蹬上来蹬下去，再蹬上来再蹬下去，每趟挣二十五个卢比。这时候，令人局促不安的沉默降临到这间房里。

我怒火骤升。爸爸怎么不跟大夫说这伤是警察打的呢？他们把他伤成这样，应该抓住那些警察！把他们关进监狱！他痛成这样还怎么拉人力车啊？

现在我明白了他的沉默，现在我明白了他的不情愿。

大夫停下了检查，口气恼怒地说："你本该先去找全科医生拍张X光片，为什么没去呢？像今天这样没有拍片就过来，我只能给你开点止痛药。也许这块骨头断了，也许没断，这谁能说得好呢？你不让我碰那个部位，说'哎呀呀，我很疼'，那先去拍X光片——"

"好的，好的，大夫。"我爸爸说道，很羞怯的样子，"您能写下来吗？请写下来我拍X光片的地方——"

"你识字吗？"大夫追问道。

"我女儿识字。"我爸爸说。虽然身上疼痛，但他看着我时，脸上仍然闪现出一种骄傲的神情。

我回到牢房，里面闻起来像花一样芳香。有五六个人围着阿美里坎迪,其中就有亚什维,她正在用小瓶喷什么东西。

我打了个喷嚏。

"别喷腋窝!"阿美里坎迪斥责她,"你怎么连喷香水都不会啊。这么喷,"她说,"像我这样。"

阿美里坎迪扬起下巴,把香水瓶微微倾斜朝向脖子。她脖子上满是细纹,脂肪堆在那儿颤动起来,刚刚喷的一小簇香水又让这个部位亮晶晶的。

"就这么喷。"她又说道,手腕灵巧地向上翻转,"你得喷到血液跳动的地方。"

"那你为什么不喷到胸上啊?"有人提出质疑。

"真想开个派对啊!"迦尔吉迪哀怨地说,"我们身上闻起来真香!"

"闻闻。"阿美里坎迪看到我进来,就要我闻。她把香水瓶递了过来。"纯玫瑰和……和……"她想了一会儿,"还有其他东西。闻起来是不是很贵?就连婷蔻·坎纳[1]都用这款香水呢。"

我用手背擦了擦鼻子,嗅了嗅周围的空气。这味道闻起来像是加了化学制品的玫瑰花,一种伪装的味道。在它下面,是污水、垃圾和挂着等待晾干的湿衣服,是消化不良、

---

[1] 婷蔻·坎纳(Twinkle Khanna, 1974—),印度演员、制片人,作品有《当爱来临》等。

打嗝和臭脚丫的味道。

有一会儿，我想不通阿美里坎迪怎么能买到这么昂贵的香水。当然，接下来，我明白了。

我看到地板上放着一个厚厚的新床垫，上面叠放着柔软的毯子和洁净的床单。我听到身后有窸窸窣窣的纸张声音，转过身一看，迦尔吉迪手里拿着一块吉百利牌巧克力。阿美里坎迪手里捧着十几块巧克力呢。

"为了孩子们！"她说。有个妈妈看起来要哭的样子。

阿美里坎迪的这种购买行为激怒了我。我本可以为自己买些东西，油，香皂，还有奶油饼干。可以买更好的床垫，上面铺着大圆点床单。我本可以把大部分钱给爸爸妈妈啊。爸爸吃的药并不便宜。我这是干了什么啊？

到了深夜，我想着这些，后悔的情绪像蛇一样从灌木丛里露出头来。报纸上的一个故事就能把人说服吗？

爱儿

清晨，在我前往附近村庄举行祝福仪式的路上，一群站在裁缝店前的小伙子盯着我看。于是我逗他们说："想上我的床，跟我说就是了！"

他们很羞愧，低头朝地上咯咯地傻笑，手里拿着剪刀。

在我的一生中，每个人都知道如何羞辱我，于是我也学着怎样把这种羞辱还给他们。

在这个婚前派对上，我们过来祝福，用这种方式挣点钱。我们爬上屋顶，看到一条旧毛巾挂在晾衣绳上，下面有一位老妇人，那是新娘的奶奶。她盘腿席地而坐，正在吹旧簧风琴，拨弄着象牙色的琴键。她吹弹风琴的时候，手腕上细细的金手镯发出轻轻的叮当叮当声。在柔和的冬日阳光下，在微风里，我看到的她是一位年轻女子，在学簧风琴。这个早上在我眼中渐渐温柔。

接着，阿尔琼尼·玛唱了起来。我走到中央，放松双肩，左手拽住纱丽边，把纱丽从地上提了起来，右手在空中做星星和太阳状。我一会儿转向这边，一会儿转向那边。我转动的时候，在光照下，身上的纱丽犹如溪水般流淌。阿尔琼尼·玛在唱一首古老的经典情歌，我在用眼神配合歌曲里传递的意涵，我真的在"舞动情感"，正如德布纳斯先生所言。我的眼睛里一会儿洋溢爱意，一会儿充满诱惑，一会儿又害羞地瞅着地面，好像阿扎德就坐在那群女人中间。自从我跟他说让他娶个女人，他一次都没来看过我。我犯了多大一个错啊！我原以为自己会感到高贵，不，我此刻只感到了悲哀。

尽管这是私人仪式，但还是有些蠢瓜村民站在门口，挤在楼梯上。他们大声笑着，手还指指点点，用手机拍我。我还能做什么呢？表演，这是我的工作。

准新娘害羞地坐在地上，看着我跳舞。她身上裹着浆过的黄色纱丽，嘴里吃着蘸有粉红色盐水的削皮黄瓜。

我跳累了，汗水顺着后背直往下淌。我弯下腰来，双手托起新娘的下巴，说道："上帝赐予这位漂亮的姑娘大米和金子。"

新娘的妈妈站在门前，看到我夸奖新娘的美貌，便抱怨起来："这姑娘皮肤越来越黑！你跟她说说。她总是在毒辣辣的大太阳底下骑自行车，不打伞，也不穿件外套。"

于是我斜眼看了看新娘，说道："这是怎么啦，姑娘？

你快往脸上抹些酸奶和柠檬吧！瞧瞧我，又黑又丑，你想会有人愿意娶我吗？"

"没错！"姑娘的妈妈说，"听到了吗？听她的话。她这都是经验之谈。都是为了你好。"

这就是我的工作。你可以拿我开心，不过请回答我：这样的工作你做得了吗？

体育老师

"更多的反国言论已经披露出来了。"有个记者站在科拉巴干火车站喊道,嗓门很大,"在《大众新闻》之后,《大众观点》团队研究了吉万的脸书主页,发现她在上面发了煽动性言论,这无疑是——"

体育老师的妻子拿起遥控器,调低了音量。

"瞧瞧你这个学生!"她抱怨道,"这案子简直没完没了了。你去过警察局,已经起了你的作用。我们上次放松放松是什么时候啊。"

于是,晚饭后,体育老师和妻子从家里出来,走到当地租录像带的店铺。这家店只有一间房,店名叫迪内希电子。屋里,店主坐在放着灯泡和电线的排排架子前,正在查看自己的存货。它们都被他偷偷摸摸地存在小小的U盘里,U盘还没有半个大拇指大呢。这些是他要租出去的最新的电影。

"看看这个怎么样,姐妹。"店主向体育老师的妻子推荐，"《怦然心动》！本周很受欢迎，顾客这才刚刚还回来。里面有新演员，拉妮·莎拉瓦吉。整个片子都是在瑞士拍摄的呢！"

体育老师的妻子接过来U盘，塞进了手包里。外面，空气中有股油炸食物的味道。一个摊贩在往一口装满油的黑锅里放扁豆丸子，炸好后放在纸碗里，装得满满的，还配有香菜和绿酸辣酱。他旁边，在暗淡的灯光下，一个修鞋匠正在粘一只裂开的鞋底。

人行道上有裂缝，坑洼不平，于是体育老师夫妇沿着路边，靠着排水沟没水的这边走。汽车的头灯靠近了，然后又急转弯驶去。地儿不够宽阔，大部分时间两人无法肩并肩走路。

租来的影片放完了，屏幕上开始滚动演职人员名单。体育老师跟妻子分享了这天的大新闻。

"哦，我差点忘了！"他佯装刚刚想起来这码事。

妻子看着他，脸上还带着刚刚看完浪漫结局的那种微笑。电影的结局是男女主最终找到了对方，他们在一个高山草坪上相拥。

"我收到一个午餐邀请，"体育老师说，"比马拉·帕尔请我去她家。"

体育老师语气很平静，但他能感觉到心跳得有点快，睡意从他眼中消失了。

"比马拉·帕尔?"他妻子吃惊地问道,"在她家里吃午餐?这是怎么啦,她想要做什么?"

体育老师做好了心理准备,妻子自然会提醒他不要赴宴。到目前为止,她对开学典礼的事什么也没说,为了参加典礼他还请了半天假,不过——

她笑了。"瞧瞧你,"她说,"她先是去你的学校,现在又请你吃饭。没准她真的喜欢你呢!"

体育老师也笑了,心里一下子轻松了。

"记着带盒好糖果去。"她告诉他,"可别带你吃的那些便宜货。"

吉万

看电视的时候,房间里闹哄哄的,大伙儿评论的声音要压过电视的声音了。这时,乌玛夫人来了,还炫耀似的嘴里嚼着梨子。

"你,"她用咬过的梨子指着我说,"有人要见你。"

我一下子跳了起来。我的后背发紧,脊梁上下感到一阵震荡,我用一只手紧紧捂住后背,来到探访室。律师戈宾德正在那儿等我。

"你去哪儿了?"我追问道,"我每次想给你打电话,都得站着排半个小时的队,又花好多钱打电话,然后接电话的是你的助理——"

戈宾德双手举起来。"我手头有七十四个案子,"他说,"我不能坐在那儿等着接你的电话吧。不管怎么说,我在忙活这件事,不是吗?我联系了你说的爱儿所在的海吉拉之家的头儿,阿尔琼尼。你认识她吗?"

我摇了摇头。

"她跟我说爱儿已经离开了。"他说。

"什么？"

"她说爱儿回了她老家村子里——"

"她老家在什么地方？"

"在北部。阿尔琼尼也不知道确切位置。"

我盯了戈宾德好长时间。他咳嗽起来，用拳头捂着嘴，说道："有什么要跟我说吗？"

"你觉得我在撒谎？"我说，"那个头儿在撒谎。说不定，是你在撒谎！你去找过爱儿吗？你觉得她是我编造出来的人吗？"

我压低声音："我会让我妈妈去找爱儿。我肯定她就在那儿。她从没跟我提过什么村子。要是我跟她说，她会过来给我做证的。她会跟那些人说我是在教她英语，我拿的那个包里是给她带的课本。"

"试试吧。"戈宾德叹了一口气。

插曲

戈宾德拜访古鲁[①]

到了星期五吃午饭的时候，办公室的那些事把我给惹毛了。我坐卧不安。每次我移开视线，墙上白蚁的痕迹似乎总是又多了些。我的助理愈发虔诚地用抽烟来对付他那嘶哑的咳嗽。电话铃响了，是我女儿的学校打来的，说她被老师留校了，她把一个学生的眼镜打碎了。我给她妈妈打电话，她妈妈会去接她，我手头的工作太多了。

这样的日子，只有一样东西可以帮上忙。我去拜访了我的古鲁。我的古鲁有七十来岁了，住在一栋房子的底层。她家的房门总是敞开着，客厅里到处摆放着神像，屋子里有股清晨鲜花的气息。她不吃肉，不离开自己的房子，也不看电视。有一次，我看到她腿上放了一个苹果平板电脑，但她并没有在使用。她沉思冥想，唯一的坏习惯是养流浪狗。

[①] 古鲁（Guru），印度教或锡克教的宗教导师或领袖。

"我想着你今天会来，孩子。"我的古鲁说。她正抚摸一只棕褐色的流浪狗，这时抬起头来。那只狗吠叫起来，跳到我的腿上。我举起了胳膊，我不喜欢狗。我的古鲁把狗叫开了，它立马趴到她的脚边，但眼睛还是瞅着我。

"我看到你的生活中有一些乌云，"我的古鲁说，"不过乌云会过去的。"

她在我面前放了一杯水。我把一切都告诉了她，连我本不打算透露的那些事情都说了。我妻子对我的做法颇不乐意，认为我听信古鲁的建议花了好多钱，今天买个玛瑙戒指，明天买个烟水晶。然而，戴在左手小指的石榴石帮我打赢了第一场案子，我对此确信无疑；一颗白珊瑚——其实是红色的——帮我避开了回家途中的致命事故，当时一棵大树砸中了我前面的出租车；在靠近胸膛的部位，我戴过一个碧玺，还戴过一个月亮石；在我开始佩戴黄水晶的那天，一个吓人的体检有了良性的结果。别跟我说这没什么，这个世界是由否定、问题、麻烦组成的，而宝石能带来正能量。相信我，律师对此心知肚明。

我随时都有六十到八十个案子在手，吉万这样的大案子只意味着更多的痛苦——一堆媒体人二十四小时追着我，还有从各个政党方面来的压力，每天得跟力图掩盖自己调查不力的警察局长沟通。无论最后是什么结果，都会有很多人对我不满。这是个麻烦。这事儿越早结束，对我就越好。

"会很快结束吗?"我问道,"这太让人受不了了。"

我的古鲁说会的,很快会结束,不过——她停了下来。

"你的作用,"她脸上的笑容和蔼可亲,"会比你此刻意识到的要大。"

"以一种好的方式?"我问道。

"以一种好的方式。"她说,"道路出现的时候,不要害怕去沿着它走。"

我感到自己被推举到一波大浪上,然后落到了海滩上。我站起身来,心中想道,应该给妻子打个电话,问一下女儿怎么应对她被留校这事儿。我得赶在助理把办公室变成烟灰缸之前回去。在路上,我要吃个蛋卷。

"你妻子不会赞同我的建议,"我的古鲁说,"但我有种强烈的感觉,这个时期有样东西对你特别重要。你的右手食指需要戴上一个——"说着她伸出右手指,"紫水晶。"

吉万

普南杜给我带来了一串袋装洗发水、晾衣夹和弹力发圈。我把礼物抱在怀里,这些都是硬通货啊。

"谢谢。"我用英语跟他说。我这样说是让他知道,即便他给我带来梳头洗澡的用品,我跟他也是平等的。

离我们村子五十公里外有个小镇,我们在那儿的政府安置房里重新安顿了下来。这里空荡荡的,就只有些房子。房子潮湿的墙壁都鼓了起来,敞开的排水沟里流淌着污水,水龙头里流出来的都是生锈的水流。但这是我第一次也是唯一一次住在公寓房里,我很自豪自己能住在这样的房子里。

我听到隔壁的男孩,那个同样被驱逐出家园的家伙,每天晚上迈着重重的脚步走下楼梯。我透过窗子看着他走进小巷里,一群人聚在那儿打板球。他们用胶合板充当球拍,守场员们追逐着一只中空的塑料球。这些人跟我年纪相仿。我跃跃欲试，既然我熟悉的场地已经没有了，我很想跟他们一起打球，尖叫，奔跑，感受大街上小小的鹅卵石让脚下打滑。可我妈妈说不行。

我是一个姑娘。我待在家里照顾爸爸，而妈妈早出晚归，找些日结的活干。有一段时间，她在建筑工地干活，再之后就没活计了。

那时妈妈躲在厨房里做饭，一股烟气和辣椒的味道打断了我们的谈话。

有天晚上，我听到她和爸爸说话。

"哪儿有活儿干啊？"妈妈说，"大伙儿都跟咱们一样刚在这里安顿下来。谁有活儿给我干？"

"再等几天吧，"爸爸说，"我打算贷款买辆新的人力车。"

"又一辆人力车，"妈妈嘲弄道，"在这个该死的小镇上，谁会坐你的人力车？"

听到这些话，我感到很羞愧。看到妈妈陷入这种灰暗的心境，我感到很羞愧。

有一天，妈妈在做饭，我悄悄来到她背后。

"啊哈！"我在她身后喊了一声。她一下子跳了起来，朝我的小腿打来，但我躲开了。我站在门口，用怪物般的低沉声音说："喔哖曪！我闻到了人肉味！"

我悄声向前走近了些，好让妈妈这次能打到我的腿，把我给抓住，但她一动没动。

你瞧，普南杜，我就是这样长大的。爸爸拍X光片的时间到了，我带他去拍片。我们乘坐的公交车沿着高速路飞驰，一路鸣笛，把我们带到了一个有空调的诊所。我瞅了一个女人一眼，她才把包挪到一边，让我爸爸能在椅子上坐下来。那个女人的胳膊白皙丰满，手指上的钻石熠熠发光。她脚穿一双皮凉鞋，上面有纵横交错的襻儿。脚指甲染成了粉红色，看起来像糖果。她看着我们，我把皲裂的那只脏脚缩到另一只脚的后面。

在一间光线很暗的房间里，有个医师让爸爸靠着一块冰冷的玻璃板，然后他就消失不见了。爸爸退缩了一下。

"站那儿别动！"那个医师责怪道。原来他在另一间房里，我们看不到他。"站直！"

拍X光片的人没拍出来照片。他从房间里走出来，很恼怒的样子。

"怎么了？"他说。

爸爸搓了搓他光裸的皮肤，直发冷。他还是一副笑脸，好像要求人原谅似的。"这很凉——"

"玻璃板本来就很凉！"拍X光片的人说，"你得站稳了，靠着板子，我不是跟你说了吗。这些没上过学的人，我简直没法工作——"

之后，我手里握着一个大信封，里面装着鬼影似的片子，拍的是我爸爸的背部和肩膀。我就像父母抱着孩子背不动的超重书包那样把X光片带回了家。

回到家里，我给妈妈看爸爸拍的片。她大喊起来："放回去，放回去！没有特殊的光线是不能看这些片子的，会弄坏的，傻孩子。"

是吗？我照她说的做了。

"今天是X光片，明天就是别的东西了。"妈妈说，"等着瞧吧，大夫会让你来回跑。大夫就是干这个的。他们让你做检查，买药，而他们因此拿工资，你难道不懂这些吗？我们从哪儿弄到钱啊？"

爸爸坐在床上，后背僵硬地挺着，双腿向上抬起。他在听妈妈说话。

我知道家里出麻烦了。如果我什么也不做，爸爸就会遭罪。我们至少得把X光片给大夫看看吧。

一天早上，爸爸的一位人力车夫朋友拉着我们上路了，车轻轻碾着坑坑洼洼的路，出了公寓房街区，来到了大路上。爸爸的眼里闪着泪花。他到了医院，一路上可把他给折腾坏了。

"嗯。"大夫说。这时我们已经等了三个小时。爸爸在去湿滑的卫生间时，差点又摔断了一根骨头。"骨头是断了，你们看到这里了吗？"

大夫拿着笔指向那个幽灵般的片子。

"但还有更严重的问题。"大夫接着说,"椎间盘受影响了,很严重。他需要完全卧床静养,不然会有瘫痪的风险。我看他疼得厉害,所以他需要更大剂量的药物治疗。这个药一天服用两次,跟饭食一起吃。"

"我说过他疼得厉害,"我坐在椅子里,身子向前探了探,抱怨道,"我们第一次找您看病时,他就疼得很厉害了。"

"听着,你干吗这么激动呢?"大夫放下手中的笔,怒视着我,"有些人被蚂蚁叮了一下就疼得厉害呢。"

然后,他继续写处方。笔筒里的一支笔上面印有某医药公司的名称,熠熠闪光。

"沙阿大夫,那人力车怎么办呢?"爸爸问道,"我还得快回去干活呢。"

"干活?"大夫说,"有点耐心吧,先生,你短时间内不可能拉人力车了。你现在能自己走路就谢天谢地了。"

我和妈妈每天一大早就跑到市政水龙头那儿接水,然后抬上五层楼梯。这样过去了好几个星期,我们开始跑供水管理办公室,跟他们投诉水龙头里冒出的水都含有锈味儿。

在办公室里,我们刚刚走过去,一个头上秃得只剩一圈头发的男子就摆手让我们离开,他认出我们了。

"过些天,过些天再来,"他说,"我跟你们说过,最近两三天对这水我可是毫无办法。"

"先生,我们七到十天前来过。"

"是吗?"他说,"你比我还了解我的日程安排?"

"先生,我们还是喝不上干净的水。"妈妈说,"他们说到七月——"

"谁说的?"那人责问道,嘴里的口香糖也不嚼了,"谁说过这样的话?不管是七月还是八月,是不是我负责把水从这儿运到你家?"

妈妈什么也没说。我在她身边感觉自己就像个小孩子,尽管我跟这里的所有人一样都是成年人。

这太过分了。"先生,实际上,"我开口了,"上次您跟我们说供水问题很快就会处理好。我爸爸生病了,他走不了五层楼梯去市政水龙头那儿洗澡。"我感到脸颊发烫,嗓音嘶哑,"请为我们做点事吧,先生。"

那个男子盯着我,眼睛凸出,然后拿起电话。

"喂,早上好。"他对着电话轻声细语,就是那种非常礼貌的专业人员口吻,"维修水管的工作出了什么问题?……"他接下来还是用这种语气说话,我们就站在那儿看着他。我很开心,虽然脸上表现出来的是恳求。

三天后,我们楼区的水龙头里流淌出了干净的水,流进了我们的水桶。妈妈见人就说这都是我的功劳。

"吉万跟供水处的人谈了谈,"她这样跟邻居们说,"哦,你们真该看看她当时的样子!"

后来,吃过饭后,在厨房的僻静处,妈妈对我说:"体制并不总是为我们运转。不过你也看到了,时不时地,你可以让事情变好。"

我心中想道,只是时不时地吗?我心中想道,我要过上比这更好的生活。

体育老师

政客的房子总是透出一股集市的味道。记者们站在门口，百无聊赖地等待着。他们嘴里叼着烟，抽完后扔到路旁的排水沟里。工作人员和仆从盯着来来往往的人，偶尔停下来跟这人那人说上一两句话。满脸委屈的市民来了，手里拿着文件夹。偶尔会有包裹到来，有时候是花束或盛有果干的礼品篮。在路边，给政客配备的警察在车里等候着。他们坐在车里，背上挎着枪，车门敞开着通气儿。

体育老师脱掉鞋子，站在门廊里，心里庆幸自己的袜子很干净。有位助理问他："你预约了吗？"

"没有，我想着，"体育老师回道，"我收到了午餐邀请，就——"

"嗯，"那位助理说着给他打开了门，"你就是那位老师啊。"

房子很普通。墙上有几张父母和祖父母的照片，都镶着相框，周围是芳香扑鼻的白花，其他也没有什么装点了。两个沙发对着放，上面的装饰相当豪华。沙发那边是一张餐桌，配有六把椅子。地上铺的是斑驳的瓷砖，这一点跟其他中产阶级家庭并无二致，有几块瓷砖上面还有裂缝呢。

体育老师穿着袜子，站在冰凉的地板砖上，不太自信。这时，比马拉·帕尔从里面的办公室走了出来。她请体育老师在餐桌旁坐下。餐桌面是胶合板，上面铺了一层印有蕾丝花纹的塑料布。盘碟从厨房里端了出来。食物倒不起眼，有米饭、木豆和炸茄子，最后上来的是咖喱鱼。体育老师心里在想，比马拉·帕尔会跟他说为什么请他过来吃饭吗？她对此似乎毫不在意。

"就在昨天，我在班库拉区，"比马拉·帕尔说，"你知道那里发生什么事了吗？给学校划拨的午餐款项居然进了学校行政管理人员的腰包。孩子们吃的是夹着石子的米饭，一丁点油炒出来的扁豆。我说……"这个故事的结尾是有位学生的奶奶抱着比马拉·帕尔感激涕零。

他们吃得差不多要光盘了。这时比马拉·帕尔说："你一定在想我为什么今天叫你过来。"

体育老师看了看比马拉·帕尔，又看了看她的盘子。盘子里有一堆鱼刺，曲曲弯弯，就像好些个微型刀剑摆放在那里。

"你瞧，我手头有件棘手的事，"比马拉·帕尔说，"我在想，也许像你这样受过教育的人能帮到我们。"

体育老师透过敞开的房门，看到阳光下有个黑影，怀里还抱着婴儿。这时有位工作人员走了过来，对比马拉·帕尔说："夫人，母亲协会——"

"就来，就来。"比马拉·帕尔说。

"工程师们也在等着——"

比马拉·帕尔点了点头，工作人员退了下去。

时间不多了。

"要是能帮上您，我荣幸之至，"体育老师脱口而出，"请告诉我我能做些什么。"

就这样，几星期后，体育老师来到了法院。这座富丽堂皇的英占时期建筑刚刚粉刷了一层砖红色墙漆，周围是一个大花园，里面种着一排排的木槿和万寿菊。现在还是一大早，这里已经透出一种闹哄哄的氛围。身穿黑袍的律师从院子里穿过，体育老师赶紧避开好让他们过去。在一排橡树下，打字员坐在打字机旁，她们旁边摆放着一摞摞法律文件。挨着她们，有卖热茶和萨莫萨炸饺的小贩，他们把茶壶和杯子放在地上，手脚麻利地忙碌着生意。

谁也没注意体育老师的到来，因此谁也不会注意到他汗水直往下淌，身上的夹克里腋窝下已经湿了一大片，而且越来越大。体育老师左手大拇指在抽搐，这种哆嗦他从前可从未有过。他左手插进了口袋里。

体育老师上了楼,走进这座老法院。他沿着一个长长的阳台走着,可以透过半敞的房门看见一个图书馆,屋顶上的吊扇在呼呼地转。他走过一间间狭窄而拥挤的律师办公室,看到里面塞满了文件夹,摞得高高的,快要倒了似的。体育老师从裤兜里掏出手帕,擦了擦湿漉漉的前额。在 A6 号法庭前面,他停下脚步,轻拍了一下站在门口的门卫,清了清嗓子,然后说:"我是证人。"

接下来,体育老师坐在硬硬的长木凳上,焦急地等待着。现在正在审理其他三个案件。它们被一个个带到法官面前,很快就审完了。

半个小时之后,体育老师被叫到法庭前面。他嗓子干燥,左手大拇指已不再抽搐,但右眼帘又接上了这一节奏。体育老师步子迈得很慢,努力做出镇静的样子。他站在证人席上,一位工作人员警告他不要倚靠栏杆,栏杆会摇晃。

体育老师面前出现了一位律师,他身穿一件皱巴巴的袍子,脚上蹬着夏天穿的凉鞋,鞋边上还有裂开的口子。体育老师先是瞅了一眼那双脚,然后抬头看了看屋子里那些昏昏欲睡的人,他们都在等着他们自己的听证会呢。

此时此刻,比马拉·帕尔似乎离得很远很远,她的影响力只不过是一个淡淡的记忆罢了。

体育老师恐慌地想知道自己能否脱身。

有什么办法吗？也许他可以假装心脏病犯了。

律师问道："阿有见过此任？"[①]

"嗯？"体育老师回道。他咳嗽一声，清了清嗓子。

律师已经发话了。他现在还能假装心脏病犯了吗？

律师又重复了一遍刚才的话，这次体育老师听懂了，他说的是："你见过这个人吗？"

律师指着坐在前面桌子旁的一个人。那人身穿一件肥大的蓝色短袖衬衫，袖口到他晒黑的胳膊肘那儿。他嘴巴半张着，体育老师看到他的牙上有红渍。

这些人体育老师一个也不认识，不认识那个有牙渍的人，不认识律师。然而，根据比马拉·帕尔的助理给他的指示，他今天的任务是说：是的，他偶然撞见过此人。在他学校附近的五金店被抢劫之后，他看见此人跑掉了。

当然，体育老师此前从未见过这个人。不过他知道——他已经被告知——此人以偷盗抢劫为生，但从未被抓住过。虽然他的邻居朋友都知晓真相，但从来没有找到过什么证据。诚然，此人信仰的宗教也有问题，他信仰那个鼓励人们吃牛肉的少数派宗教。不过，在比马拉·帕尔的助理看来，这是次要的事。主要的问题是：必须得制裁这个抢劫犯。哪个体面的人会拒绝参与伸张正义的活动呢？

此刻，体育老师要么开口说话，要么假装晕倒。他必须

[①] 此处原文为"Habyusinthisparson?"，是"Have you seen this person?"的变体。

说话，不然就要放弃所有通过比马拉·帕尔的恩赐向上爬的希望。

体育老师头发梳理得整齐利落，上身穿着领口带有纽扣的衬衫，外面套着一件黑色夹克，暂且就别管那湿湿的腋窝了。他就这样站在这个面容肮脏、牙齿烂坏的罪犯面前，用老师惯有的那种冷静口吻说话了："他，是的，这个人，我在那儿看见他了。他朝着五金店相反的方向跑走了。"

接下来，律师和法官谈了一会儿，具体谈了些什么内容体育老师没有听到，然后这件案子就结了。那个罪犯被警察带走了，他要么缴一笔可观的罚金，要么就蹲大牢。显而易见，此人是没有能力缴这笔罚金的。他走到体育老师身边时，仔细地看了看他，眼睛眯缝着，好像没戴眼镜似的。体育老师转过脸去。工作人员开始呼叫下个案子的案号，律师已经不见了，另一群人来到长凳前。

体育老师漫不经心地走出法庭，夹克衫还没扣上。他想到律师可能会再出现在他面前向他提出质疑，这时他感到脖子上有阵微微的刺痛感。他等着法官叫他走进会议厅，问他到底是何人。他走过在法院里巡逻的卫兵身边时，心里期望有只胳膊会伸出来拦住他的去路。

然而，他很快就来到了马路上。那里有只鸽子在啄地，在他旁边拍打着翅膀，马上要飞走了。鸽子飞起来时差点蹭到他的脸颊，除此之外，再没什么令他忧虑的事情了。

接下来的几个月里，每当比马拉·帕尔的助理给体育老师打电话，让他为某个案子出庭做证时，体育老师就会事先买上一管止汗剂，把那白色凝胶涂抹在腋窝处。他还会带上一瓶水，慢慢抿着喝。头天晚上，他很早就会上床睡觉。也许是由于采取了这些措施，体育老师发现，到第四次出现在法院时，他已经感觉不到什么不安了。

在法庭门口，门卫像老熟人那样跟体育老师打招呼。

"一切都好吧？"他问道。

"一切都好。"体育老师回应，"我那个案子开始了吗？"

"今天有点晚，"门卫说，"别着急。你先进去到食堂里坐坐，到你的案子时我让人去叫你。"

体育老师穿过熟悉的走廊，经过法律图书馆，来到食堂里，第一次心里犯嘀咕，这个门卫会不会也是众福党雇佣来的。同样地，那些法庭的工作人员呢？那些法官呢？那些律师呢？他们可是谁也没说过："这个人真是了不得啊！哪儿发生了抢劫，哪个家里出了问题，哪个邻里街坊打架，这个人就会碰巧路过！他是蝙蝠侠还是怎么的？"

然而，现在还不是想这些事的时候。

体育老师吃了一块鸡排。一个小时之后，他出庭做证，证人席对面的那人身上的格子花纹腰布打着结，系在瘦削的、硬硬的腹部下面。

"他就是我在路上看到的那个人。他在撩拨一位女士，做些让人恶心的动作。请不要让我重复那些东西。"体育老师说着咬了咬舌头，这动作是在表示耻辱，然后还摇了摇头，"要不是我从旁边走过，天知道那位女士身上会发生什么事。"

被起诉者脸上满是困惑的神情。他张开嘴想要说点什么，却被法官制止了，叫他保持安静。

比马拉·帕尔是这样跟体育老师解释的，体育老师也是这样跟他妻子解释的：所有这些案子都是警察百分之百肯定被起诉者是有罪的，但他们手头没有那么多的证据，这就是问题的症结。这些被起诉者在他们的地盘都是出了名的，他们可都名声在外呢。难道就凭诉讼程序细节问题，让这些危险人物钻空子重新回到大街上吗？最好是找个证人填补这些空缺，确保有罪之人蹲监坐牢。

体育老师不能不答应。诚然，生活中有许多东西是法律顾不到的。完成每项任务之后，都会有一份"礼物"随之而来，这也无伤大雅。每个月，都会有一位助理，也可能是助理的助理，骑着一辆噪音奇大的摩托车，把礼物送到他家——一个崭新的白信封。

爱儿

今天,德布纳斯先生给我们布置的场景是表演掉眼泪,这让我们许多人都有些犯愁。

"我听说,"说话的是鲁梅利,"真正表演时,他们用的是让眼睛发烫的眼药水——"

"让眼睛发烫的眼药水!"德布纳斯先生的声音低沉有力,他突然发怒了。

"你要是想成为三流演员,不妨用用这些廉价的玩意儿!"他这样说,"真正的演员的眼泪出自内心。真正的演员进入自己的内心,并不是想象出来一个虚假的悲伤时刻,而是转向自己人生中真正的悲伤时刻。这样,你们才能在虚构的场景里流出真实的眼泪。"

我们都表情严肃地点头表示赞同。德布纳斯先生说出来的话如此深刻。

我十三四岁的时候，跟父母、爷爷、奶奶、两个叔叔及他们的妻子孩子一起生活。我父母都在当地邮局工作。我们一大家子挤在有四个房间的公寓房里，只有一个小阳台，我们在阳台上撒炒米给麻雀吃。我家不富有，但也并不贫困。一个月会有那么一次，在家吃完米饭和鸡蛋后，我们去看场电影。卖爆米花的柜台不是为我们这样的人而存在的。

在外面，我穿男装短裤，留男孩的发型，还打板球。不过，私下里，在家里，我试过抹口红。我还穿过妈妈的纱丽，一次、又一次、再一次。第四次的时候，两个叔叔跟爸爸说让他把我从这个家里踢出去。"让这个不正常的男孩待在家里，我们还有什么尊严呢？"他们大喊道，"我们的孩子都很正常，想想他们吧！"

我的堂兄妹躲在卧室里，睁大眼睛偷看着我。

我妈妈极力抗争要把我留在家里，她说我可以去上一所特殊学校！我可以去看医生！然而，一位母亲能跟这个社会的法则抗争多久呢？于是我离家出走了。

在我的内心，我知道我那悲伤的母亲多年来一定在找我。也许她现在还在找我。我还是不要再想她了。

第一次去往海吉拉之家时，我正在学歌舞，这是迷倒陌生人并说服他们的一门艺术。在非政府组织开设的班级里，我继续学习孟加拉语和算术，一直学到他们不再提供经费资助为止。所以呢，我并没从课本里学到太多东西。我在孩提时代接受的教导说学校是这个世界上最重要的东西，我的考试和分数会让我获取成功！如今，我渐渐知道这话并不正确。甘地把时间花在读书上了吗？历史上最伟大的电影明星拉卡①把时间花在说"不，求求你，我得读书所以不能拍电影"上了吗？没有。我呢，我从生活中学习。

爱儿是我的海吉拉名字，是我在十八岁生日仪式上自己挑的。就是在这个仪式上，我成了真正的女人。阿尔琼尼·玛把我带到她的卧室，叫我站在一面高高的镜子前。她送了我一身金色套头衫和黑色衬裙，然后在我臀部围上一件红色纱丽。她那老指头关节和起着褶子的皮肤碰到我，带着那么多的爱。我看着镜子里的自己，强迫自己想出来些什么玩笑话，这样我就不至于哭出来。最后我终于明白了成为我每天见到的那些女人是种什么样的感觉，在火车上见到的女人、牵着孩子的手的女人、放蒜姜炒菜的女人。出门前，她们都做一样事情：在自己身上裹上九码的布料。阿尔琼尼·玛跪在我面前，把衣服上的褶子拽开来。这时，我彻底撑不住了，哭了出来。

那天我整晚都在跟姐妹们跳舞。立体声的宝莱坞经典曲子让我觉得自己就是明星，觉得自己正穿金戴银。大家的眼

---

① 拉卡·塔克雷尔（Rakhee Thakrar, 1984— ），印度裔英国演员，代表作品有《第八页》《医者心》《性爱自修室》等。

睛全都盯着我，眼里满是羡慕。怎么说呢，许多姐妹有百分之八十的能量，百分之二十的天分。但对我来说不是这样的。我转啊转啊，眼中的粉红色气球和金色彩纸条就像拍电影时的布景，就连灯管散发出来的暗淡灯光在我眼里都犹如聚光灯一般。

只有一件事让我感到伤心，直到现在我仍然不愿意去想它。然而，德布纳斯先生已经布置了这项作业。其实，我心里明白，就连笑得那么亲切可爱的姐妹们私下里也在羡慕："你想想看，爱儿连那个咔嚓的手术都没做！阿尔琼尼·玛居然给她举行这个仪式，她运气该有多好啊！"

很久之前，早在我举行这个仪式之前，我在海吉拉之家的闺蜜是拉吉妮。拉吉妮满十八岁的时候，阿尔琼尼·玛带她去一家牙医诊所做手术。拉吉妮要我跟她一起去，我当然说可以啦，做完手术我们可以一起去吃冰棒！

牙医诊所门口挂了个牌子，上面写着歇业。阿尔琼尼·玛敲了敲门，有个男人开了门。他手里拿着诺基亚手机，正在跟人通话呢。我们走进里面，房间用帘子隔开了，帘子下端离地面还有一半的距离。帘子后面的地方很狭促，地板上放着成堆的药品，还有几张从未挂起来的日历。顶部的日历上是一幅外国娃娃的图片，娃娃脸上有深深的酒窝。看到这个娃娃，我差点要绽出笑容了。然而，屋子里的气味好像湿毛巾散出的味道，一下子又把我的笑容给拽了回来。头顶上，我看到天花板上成块成块的黑色霉点。屋里还摆了一张窄窄的床，铺的是帆布床单，就像铺了一件雨衣。阿尔琼尼·玛说可以了，拉吉妮把裤子脱下来，躺在这张床上。

阿尔琼尼·玛让我站在那儿抓住拉吉妮的双手。拉吉妮如此勇敢，在我眼里，那天的拉吉妮就是个英雄。大夫走进屋子里，脸上戴着口罩，我看不出来这个大夫是不是刚才打电话的那个男人。阿尔琼尼·玛让拉吉妮唱圣歌，于是拉吉妮就一遍遍地吟唱女神的名字，这是为了让这个仪式得到神的祝福，也让她远离疼痛。

这时候，我内心升起一丝恐惧感。我把拉吉妮的手抓得更紧了，嘴里还在低声念叨着："从明天起，所有的罗密欧都会为你倾倒。"

拉吉妮笑了，露出她那深色的牙龈。

牙医咕哝着说，今天没有麻醉剂了。我并不知道，但有种本能让我感觉他在撒谎。我的本能告诉我，即便库房里有存货，他对使用麻醉剂也惶恐不安。但要是不打麻醉剂，拉吉妮要承受无法忍受的疼痛。于是我问大夫："大夫，你就不能给她打一点点麻醉剂，或者用点麻药吗？"

听到这话，他有点生气了："是你做手术还是我做？"

这话把我噎得无言以对。

这时拉吉妮插话了："没事，这点疼算得了什么？做完手术我吃止痛药。"她看着我,脸上带着别让大夫生气的那种表情。拉吉妮急着要做这个手术,于是我就闭嘴了。

我也闭上了眼睛。单是那刀片就让人受不了,更别提流淌出来的血了。我闭着眼睛,听到了各种声音:阿尔琼尼·玛重重的呼吸声、液体喷射出来的声音、金属碰到桌边的声音。等我再睁开眼睛,看到大股大股鲜红的血液从拉吉妮两腿间流出来,我脑海中蹦出个念头:现在拉吉妮是个真正的女人了,她甚至连月经都来了。

接下来,另一个念头出现了:拉吉妮死了。

再接下来,拉吉妮并没有死,她成了鬼魂。她没有尖叫,也没有哭喊。她的脑袋耷拉着,从右边到左边,好像她的头颅松松地挂在脖子上。她浑身发抖,抖得像是烧到一百零四华氏度[①]。她的双手还被我抓着,凉得犹如冰块一般。我松开她的手,哭喊着:"阿尔琼尼·玛,瞧瞧拉吉妮怎么啦!她的样子好怪啊!"

这时,阿尔琼尼·玛像鹰一样盯着大夫。

最后,用了许多破布,我们才擦干了拉吉妮伤口的血。还找了一位什么也不问的出租车司机,把她送回海吉拉之家。接下来三四天,拉吉妮一直发高烧。我们在她身上堆放了好些床单,好让她出汗降温。后来有一天,拉吉妮能坐起来了。她接过我给她端来的糖水,轻轻抿了一口,脸上露

---
① 约为40摄氏度。

出了笑容。那天，我把所有的感恩都献给了女神，我相信奇迹。晚上，拉吉妮跟我们一起坐在电视机前看电视，听到喜欢的歌曲时双手还舞动起来。我看到这些，笑啊笑啊。我抓住她的手不松开。

接下来，有天早上，拉吉妮没有醒过来。

"拉吉妮！"我们大声喊着她的名字，"拉吉妮，醒醒！"

我往她脸上洒水。我掐她的脚趾。有人把一只旧鞋子放在她鼻前，想试试皮革味能不能把她熏醒过来。

阿尔琼尼·玛看出来了，我也看出来了，拉吉妮已经远离我们了。她双眼一动不动，嘴唇微微张开，皮肤毫无血色。拉吉妮死了。

她死于什么呢？老天知道。我们所有人，就连阿尔琼尼·玛在内，都不敢去看真正的大夫。但是，我知道，哦，我肯定知道，百分之百知道，是那位牙医的责任。也许他的刀片生锈了，也许他的手没洗干净，也许因为没打麻醉剂，拉吉妮身上堆积起来的疼痛越来越多，她承受不了了。就这样，拉吉妮的生命结束了。

因此，我肯定自己永远不要做这样的手术。我宁可一辈子都过着半男半女的生活。

这就是我今天表演课上回忆起来的痛苦，这也是我回到家看到家门口蹲着一个女人时，依然能感受到的痛苦。这个女人低着头，头发花白。听到我的脚步声，她站起身来。我立马看出了那种长相上的相似性，她是吉万的妈妈。

进了屋子，吉万的妈妈坐在垫子上，其实也没别的地方可坐。她双腿盘坐，眼睛闪亮，手很小，看起来就像个孩子。接下来，她问了个任何母亲都不该被迫发问的问题。

"吉万妈妈，"我对她说，"我知道失去亲人的感觉。可怜的吉万此刻也不在，但好在她会回来的。"

吉万的妈妈手里握着茶杯，看着我，等着我的阔论讲到点子上。于是我清清楚楚地说出来了。

"我会去做证，"我说，"这个别担心。我会上法庭，我会告诉他们真相。吉万心地善良，她教我这样的穷人读书！她为我这样的丑人做善事！我心里想着要是警察来了，我会把这一切统统都跟他们讲出来，但他们没来。妈妈，我没有勇气自己走进警察局。"

这时，吉万的妈妈哭了，我的眼泪也顺着脸颊淌下来。我闭上眼睛，拉吉妮就在我旁边。这次，是拉吉妮抓住我的手来跟我一起经历这种痛苦。我睁开眼睛，看到抓着我的其实是吉万的妈妈，她的眼泪滴落在我的手掌心里。

"吉万曾经跟我说，你特别擅长给新生儿和新娘祝福。"她说，"今天，你给了一位母亲最大的祝福。"

我哭得愈发厉害了。

吉万

阿美里坎迪拆开了一个装有人造珠宝的包裹。我听到她手腕上两只手镯丁零当啷作响。她跟我说话时,手势很夸张,为的是看着新手镯顺着手臂滑动、落下。手镯的摆动令她极为开心。

我用爱儿会出现在法庭里这样的白日梦来安慰自己,幻想她来到我的庭审现场,大胆地说出真相,那些蠢瓜们一直谈论的包里面只不过装着些旧书。想到这些,我干燥的唇边露出一丝笑意。即便他们不相信我,谁又能拒绝相信爱儿呢?

普南杜来了,关于爱儿我对他只字未提,我不想因提前透露招来霉气。不过我很开心,于是跟他讲了有一次我们过开斋节①的情形。当时树上挂满灯泡,把我们公寓前的小巷映得绿绿的。我穿了一条新裙子,佩戴着与之相配的手镯,是从妈妈那儿借来的。我往窗外望去,事实上我无处可去。有个富人让人宰了一整只山羊,用羊肉做了比尔亚尼饭,饭菜的香味从我们的窗子飘进来。他是从政府再安置项目中大发横财的房主。多亏他大发善心,那天很晚的时候,我们都吃到了羊肉炒饭,跟街坊邻居一块吃的。饭是用塑料盘子盛的,我们把盘子洗干净留了下来。

吃过晚饭,我看到一些前来摆摊的商贩,我等着一个充满节日氛围的集市出现,那里会有成盘成碟的糖果和玩具。有几个男孩买了最便宜的玩具——陀螺,让它们在地上旋转起来。还有男孩大胆地说想尝尝棉花糖,要了就跑开了,后来商贩就不给免费品尝了。

那是我们在这个小镇的最后一个月。大城市里有了房子的时候,妈妈带着我们搬了家。我们把一个个麻袋拖上火车,被一些人推来挤去,他们嘟囔着说我们怎么带这么多东西。爸爸站在我们旁边,手抓住座位椅背直起身来,坚持说他能站得住。

---

① 开斋节(Eid Festival),伊斯兰教的重要节日,标志着斋月的结束。斋月中,教徒们每天从日出到日落期间需要禁食。

大城市简直太大了！我从未见过这样的地方，火车站前人潮涌动，大喇叭里传来火车通知和报时的钟声，其间还有一个男人在兜售报纸。有人踩了我的脚，也可能是他的行李干的。

"站马路中间干吗。"有个咕哝声传过来，我赶紧跳到路边上。

有人推着手推车走过来，里面装的是成箱的冻鱼，一路留下冰块的味道。还有人肩上扛着成袋的花椰菜。

"热茶！"有个商贩喊叫道，"热奶茶！"他提着高高的一摞洗净的玻璃杯，还有一壶茶水。我想喝茶，还想吃烘烤的饼干。我的肚子咕咕地叫了起来。

我紧跟着妈妈和爸爸。火车站的嘈杂声最终消散于一条铺好的大路上，路宽得好像一条大河，上面爬着各种颜色的车辆。车儿发出嘟嘟声，还有鸣笛声。司机从车窗里探出头来，大声喊着什么。

我们钻进一辆马上就要开动的公交车。这是一辆红黄相间的中巴，车身上写着：豪拉到贾达珀。字写得好漂亮。我读得很慢。爸爸费力迈上高高的台阶，他在用胳膊使劲把自己拉上去。这时售票员喊道："这是怎么啦？你们怎么拖了个病人坐车啊？要是他摔倒了，谁来担这个责任？"

爸爸一声不吭地坐了下来。他的后背僵硬，脖子转向车窗。

售票员猛地拍了一下车身，汽车飞一般地驶了出去，时而突然前倾，时而颠簸摇晃。爸爸忍住不出声，但我知道他疼得厉害。售票员靠在车门上，满腹狐疑地瞅了我一眼。

不过，我很兴奋。我激动极了。我光着脚丫在过道里走动，脚下是凹凸不平的木板。我看着坐在窗子旁的那些男人，一沓沓报纸卷起来放在腿上，微风给他们那光秃秃的脑壳送来凉意。他们身上穿的衬衫干净极了，熨烫得平平整整，好像从未穿过的新衣服一般。有个人开口了，我才意识到自己在盯着人家看。那人问道："你叫什么名字？"

他还以为我是个小孩子呢。

"第一次进城里？"他又说。

我妈妈转过身来看是哪位在说话，然后回答说是的，我什么也没说。这人的城市口音把我吓坏了。我在试图理解他说的话的意思，这时他又说话了。

"我是从博尔布尔来的，"他接着说——博尔布尔是个小镇，离这里有两百公里——"那是三四年前。你们也是像我这样从哪个地方过来的吧？我无法想象再回小地方生活。你们会喜欢上这里的。"

我忍不住想，我也希望能成为他这样的人：身穿洁净的衬衫，脚蹬闪亮的皮鞋，讲话的样子很干练。我希望这座城市把我变得富有，就像他这样。当然，他并不富有。后来，我知道了他是什么身份——中产阶级。

看到我们即将入住的房屋时，我才意识到我们离中产阶级还有多遥远。房子位于科拉巴干贫民区的最里面，尽管妈妈通过她的人脉关系打听到这是一间砖头房子，但来了以后我们发现这话其实只有一半是真的。

我们站在房子的油布和锡皮前面，妈妈大喊着。"就是这个房子？这个房子？"她大为恼火，"我这就跟那个混蛋经纪人打电话。"

看到邻居在窥视，有的还大胆地站在门口，双手叉腰，爸爸无助地冲他们笑了笑。

"我站不住了。"爸爸最后说。这时他已经承受不了这些：喊叫声，还有他那断裂的后背。

几个月来，去廉价的非法市场已成为妈妈每天的日常。半夜里，铁路沿线会突然冒出来个市场。妈妈在那儿买面包、甜菜、土豆和小鱼，用这些食材做早餐。黎明时分，她在我们房子前面卖这些做好的饭菜。尽管睡得很沉，我还是能听到妈妈鞋子的嗖嗖声以及长柄勺碰到炒锅的响动。我睁开眼睛，就会看到装着电池的手电筒竖着放在地上。在手电筒的光亮下，顾客站在那儿，他们都是我们的新邻居。十个卢比就能买到咖喱面包，填饱肚子后，他们就开始了一天的工作。

要是下雨了，我妈妈就只好歇业。下雨的时候，雨点打着屋顶，人力车从旁边驶过，车轮搅起股股浑泥水，掀起阵阵水浪弄湿炉子，溅起的泥巴散落在我们的厚床垫上。我拿起水桶，桶的把手裂开了，我只好端起桶底，把水倾倒在大街上。我倒的水汇入了一股水流，里面漂浮着种荚和棕色的蟑螂壳。

这时候，爸爸的病情更加严重了。他躺在床上，几乎不成人形。脑袋歪在那里，一只脚从床单里滑落出来。看到我，他会举起一只胳膊，表示很开心。爸爸睡着的时候，妈妈做饭、打扫卫生，不愿意把心里的担忧说出来。我知道妈妈担忧的是什么。爸爸吃药得花钱，雨季到来后她也不能再做早饭的营生。我们该怎么办呢？

体育老师

暑假的最后一个早上，体育老师感到身下的床垫在晃动，原来是妻子醒来了。妻子坐起身来，摆动双腿跳下床，哈欠声很响亮。体育老师闻到妻子嘴巴里散发出一股口臭。体育老师并不介意，他连想都没想，就回到了香甜的梦乡，又睡了十分钟。在这打瞌睡的工夫，体育老师听到妻子穿着拖鞋在瓷砖地板上走动的脚步声，听到她的手镯滚落到手腕的叮当声，还有她从晾干架上取锅时锅盆的磕碰声。她这是要烧开水煮麦片粥了。

想到这里，体育老师坐起身来，太阳光直射进他的眼睛。有好多次了，他跟妻子说早饭想吃双黄煎蛋卷和黄油煎土豆，然而她还是煮麦片粥，就跟她之前每天早上为年迈的父亲做的早餐一样。那可是个老人啊。而他体育老师呢？他还年轻着呢，是充满活力和力量的年轻人。

好了，今天早上他要自己去买对胃口的早餐，甚至可能比煎蛋卷加土豆都好吃呢。体育老师去了集市，看到有家糖果店在卖早餐，做的是卡乔里配扁豆咖喱。卡乔里就是油炸面团，里面塞满青豆，蘸着扁豆咖喱吃。多么令人享受的早餐啊。让妻子喝她的麦片粥吧！

大街上，一条流浪狗跟着体育老师，他嘘着把狗轰走了。

"走开，混蛋！"

这条狗还是跟着他。狗瘦得皮包骨头，身上有片毛掉了，舌头从粉色的嘴里耷拉下来。

体育老师壮起胆子从地上捡起一根棍子，朝着狗扔过去。看到扔过来的棍子，那条狗才往后退，朝另一个方向嗒嗒跑开了。

体育老师已经送十几个人去坐了牢了，有人知道这些吗？所以，这条流浪狗最好识相点，否则他一眨眼就可以把它关起来，哈哈！

一天早上，白昼降临。天色很暗，于是整个街区的灯都开了，给拂晓的天空蒙上一层黄昏的氛围。随后电闪雷鸣，雨点砸在整座城市的屋顶上，雨季来临了。趁着斜斜的雨丝还没飘落下来，体育老师的妻子赶紧关上了窗子。体育老师从房子里出来，裤腿卷到了小腿肚，脚上穿着塑料拖鞋。他把工作穿的鞋子放在塑料袋里提在手中。

站在家门口，体育老师仔细观察着水势。棕黄色的水流哗啦啦地淌到这儿，流到那儿，街道变成了一条小溪，上班都得蹚水过去。体育老师看见小巷那儿有辆人力车缓缓驶了过来，溅起汩汩水流。这辆人力车的车轮很高，折叠式车顶下面的蓝色座位也高高的。体育老师举起一只手，喊道："人力车！"车夫朝他的方向蹬过来，在他面前懒洋洋地停了下来。车夫的衬衫扣子没扣，小腿上都是肌肉。车把手上撑起来一把雨伞，车夫的头发一点也没淋湿。车夫面无表情地看着前面，报出了平常三倍的车价。体育老师脸上带着些许骄傲，随口就答应了。

"好的，"他说，"好的，咱们走吧。"

多年来，学校一直在想方设法把作为进出通道的小巷排水系统修理好，这样就不会发大水了。每到雨季，这里都会发大水。今天也是如此。学生们身穿校服，脚穿夏威夷拖鞋，站在巷口高处没水的地方踌躇不决。雨水冲了地下的蟑螂窝，小虫子从人行道的裂缝处爬出来了。它们在地上爬得很快，惊恐的姑娘们大叫起来，用力把虫子踩死。要是校车过来，或者哪位同学家的车停下来，姑娘们就蜂拥而入，给拉到校门口。

课堂教学还是照常进行。然而，城里发了大水，谁还能集中精力学习蒙古人的入侵和三角函数呢？一整天，雨点要么淅淅沥沥飘落下来，要么噼噼啪啪猛砸下来。偶尔雨停下来喘口气，这时就会落下一些假雨点，那是从窗台和树叶上滴落下来的水珠。

课堂上，体育老师让学生在室内做瑜伽，一次四名学生，因为刚好有这么多的瑜伽垫。其他学生"冥想"，他们半闭着眼睛，不时发出咯咯的笑声。体育老师就对她们说："安静！"不过他也知道：在下雨天，规章制度也有所不同。

午饭时分，校长离开了她那间空调办公室，跟老师们坐在一起，以示大家精诚团结。她过来的时候鞋子也给雨水浸透了，纱丽下端由于沾了水而颜色深暗。

"毫无尊严，"英语老师这样评论，"我们所有老师都那样提起纱丽走进学校，学生看到这种情景会怎么想！"

"这也给家长们留下了糟糕的印象。"数学老师表示同意。

校长面前摆着一盒简易三明治午餐。她逗笑着说："体育老师，你可是认识有权势的人物啊，我们都看到了。"

体育老师正在吃面条，听到这话抬起头来，笑了笑，什么也没说。

"有没有什么机会，"校长又说，"帮我们解决一下这条小巷的问题呢？"

接下来的那个星期一，两个工人出现在学校。他们佩戴着市政公司的徽章，来到校长面前。"这是你们的工单。"说着，他们递上来一张折叠了好几下的纸，"活儿干完了，请签字吧。"

校长不敢相信自己的眼睛。"我注意到了，"她说，"这条小巷看样子像是挖过。"

确实如此，这份工单上面详细标明了都做了些什么工作。周末的时候，市政公司派出人员挖开沥青路，把老排水管道里的淤泥和塑料清理得干干净净，然后把上面的道路封盖住。

再下雨的时候，老师学生们走在学校的小巷里，身上干干净净，一点也没弄湿，而城里其他地方都给水淹了。

爱儿

下课了，德布纳斯先生坐在椅子里，托盘上有一摊茶水，他正在噗噗地吹呢。我正在分析手机里我录下来的表演。墙上，德布纳斯先生已故父母的照片周围挂着一些棕色花儿。德布纳斯先生早该买些鲜花了。

"爱儿，我今天意识到了，"等其他学员离开后，德布纳斯先生对我说，"你的进步已经远远超过了这个班的其他学员。"

"请不要这么说。"我表示不同意他的看法，尽管私下里我认为他说的也许是对的，我的演技总是高人一筹。事实上，我也有过德布纳斯先生刚才那样的念头，不过我总是表现得非常谦卑。"我还有好多东西要跟您学呢。"我这样对德布纳斯先生说。

"我一直在写一个剧本，爱儿，"德布纳斯先生说，"还记得我曾有过一次去孟买的机会吗，就是二十年前那次？从那时起我就在写这个剧本,一直到现在。如今是我考虑挑选演员这些事的时候了。"

"哇!"我喊道,脖子伸得像鹅脖子那么长,"您要导演一部电影?"

"编剧,"他说,"当然啦,也导演。现在,我来问你个问题。"

就这样,当他的茶水气息直呼到我脸上,我听到他在问我是否愿意出演女主角。这个问题来得令人震惊,我花了有一分钟才完全理解他在问的是什么。

"你愿意吗?"他说。

我像傻瓜那样看着他。我想说的是愿意!愿意!愿意!

德布纳斯先生接着说:"你一定想知道谁跟你演对手戏吧?男主角,嗯,其实我是为了沙鲁克·汗这样的演员写的这个角色。"

"沙鲁克·汗!"我终于出声了,我的声音在嗓子眼里打转,"我跟您说过吗?我每天晚上睡在沙鲁克·汗的海报下面!"

这其中的感情太复杂了。我感到一种身处高耸入云的喜马拉雅山巅峰的幸福——要是让我用言语表达的话,这就是我的真实感觉。

"沙鲁克·汗这样的演员,"德布纳斯先生说,"多多少少吧。"

但我根本没在听。

"问我是否愿意?"我说,"德布纳斯先生,这是我一生中最棒的一天!"

吉万

刚开始的时候,厨房里的热气总是把我的脑袋熏得昏昏沉沉。有一次,我停下手中翻飞饼的活儿,回想起我在体育课上学到的东西。这时,我的脑袋低垂下来,差不多要到两膝之间了。那个看守,是个男的,很快就注意到生产线慢了下来。他在我耳边说:"想休息休息?你要是愿意,我可以带你去诊所。"

大家都知道,在监狱诊所里,那些服用了镇静药的虚弱女子身上会发生什么。除了抬起一只手或短暂睁开眼睛,她们什么都做不了。

现在,我不再是从前那个脑袋昏沉沉的女人了。每天早晚,我能做出一百多块飞饼。我的操作已经特别利落了:啪的一下放下,翻转,夹紧,然后拿上来。我低着头,瘦骨嶙峋的手指麻利地干活。看着我这个样子,你可能会觉得我已经变成了仆役,不过你只能这样说我的双手。在我的脑海里，我一直拒绝被囚禁。在我的脑海里，每天早上，我麻利地穿好衣服，别上徽章，坐公交车去潘塔鲁斯上班。那样的早上会再回来的。钟表虽然极不情愿，但仍然向前走动。

我一直都相信工作的力量。只有一次，我向普南杜发誓，只有一次我想过犯罪。

在大城市里，我最先注意到的一件事就是每个人都有一部大手机，跟掌上电视差不多。随便哪一部手机的价格都能买来我爸爸好几个月的药。

"那你偷了一部手机？"普南杜问道，他坐在长凳上，跷着腿，身穿的工作裤有种熨烫过的味道，"偷了谁的？"

"没偷。等一下，"我说，"先听我把话说完。"

有一天，在大街上，我看到有个女人的包没有拉上拉链，钱夹从里面探出头来。这个女人手里拿着一张单子，满怀期待地看着面包店。我走上前，手碰到了那个钱夹，这时我的心都要跳到嗓子眼了。我先是轻轻碰了一下钱夹，然后几乎就要把钱夹从那个女人的包里掏出来了。我手里捏着钱夹，但这时还拿不准要不要掏出来。此刻，我内心闪现出这样的念头：我能做这种事吗？我是小偷吗？不知怎么回事，钱夹勾住了包里面的什么东西。我拽了一下，然后松手了。

不，我不是小偷。

不，我从来就不是小偷。这个女人转过身来，脸上显现出吃惊的神色。她一把攥住了我的手腕，她那强壮有力的手抓住我瘦骨嶙峋的手腕，大喊道："你干什么？"

面包店里的人都看着我。那个正往黑色平底锅里打鸡蛋的男人停住了手，正在剁洋葱的男孩手里握着的那把缠绕着破布的刀还悬在半空中呢。

我低头看向地面，手被这个女人紧紧地攥在手里。她的手好软啊。我等着挨顿揍。

然而，这个双手柔软的女人向我弯下身来，问了我个问题，她的声音突然变了。

"你多大了，孩子？"她问道，"你饿吗？"

她声音里透出的善意让我疑心骤升，我态度强硬起来。她这是在装善良吗？我不说话，眼睛转向马路，看到黄色大使牌出租车在周围缓缓前行，嘟嘟地发出鸣笛声。

"怎么不跟我说要点吃的呢？"这个女人又说。

她从店里拿到她的面包，又给我买了一个，然后带我去她办公室。我没有推开搭在我后背上的那只柔软的手，她温暖的手指透过敞开的拉链碰到我的肌肤，我嘴里是香喷喷的鸡肉，仅此而已。到她的办公室得乘坐电梯。轿厢向上移动，我一只手扶着内壁。

"没坐过电梯？"这位女士问道，她笑了笑，"别怕。"

在她办公室里，其他女士走过来，问了我好多问题。我狼吞虎咽地吃完鸡肉卷，有位女士给了我两块饼干，我塞进嘴里，下巴沾上了黄油屑。

她们是一家教育领域的非政府组织，专门为社会底层的孩子提供奖学金，让这些孩子有机会进入这个地区最好的学校之一——高希女子中学。

从我居住的贫民区到我就读的新学校，途中要路过一家肉店。我每天走过这里，都会看到挂在钩子上的剥了皮的山羊，除了抽搐的羊尾巴，其他部位都是肉和脂肪。山羊一定有过跟我差不多的生活。也许，在山羊生命的终点，它是被绳子牵着来到屠宰场的。也许，屠宰场里传出来的血腥味，让山羊知道自己正被带往何方。

我进入这所好学校之前，一直都有这种感觉。在这座监狱里，有时候，这种感觉又会回来。

但是，那个时候，我穿着干净的校服，肩上挎着书包，包里装满了复印的书本，口袋里还有一支崭新的铅笔呢。那个时候，我不再有那种与山羊同病相怜的感觉。

这并不意味着上学对我来说很容易。我跟人保持距离，或者说，别人跟我保持距离。从她们脸上我看得出来，她们从身体层面就认为我令人不爽：我的头发总是打着结，脏兮兮的；我身上散发出金属般的气味。然而，这些并不妨碍我在听到她们说的话时放声大笑，也不妨碍我接受别人向我瞥来的眼神，以示友好。

我学了英语，这种语言彰显着发展和进步。要是不会讲英语，那我哪儿都到不了，这一点就连我都知道。但是，我害怕被老师叫起来朗读课文。

我读起来像这样："戈帕尔煮珠……住在山山汕上，他——"

出身中产阶级的那些女孩读英文报纸，看好莱坞电影，她们瞧不起我。但在贫民区，我成了唯一一个有英语课本的人，谁还会在意我读得好不好呢？在这个地方，大部分人连大字都不识一个，无论是孟加拉语还是英语，而我能读书识字就算个大本事了。

体育老师

秋天到了，在杜尔迦节[①]期间，年轻的情侣们手拉手在街上闲逛，一直玩到黎明时分。牧师们举行礼拜仪式的地方，烟味在空气中飘荡。鼓手们敲打着鼓，鼓声一直延续到第二天到来。大街上禁止车辆通行，到处都是小商小贩，在兜售各种油炸小吃和棉花糖。有些街区曾经行车的地方，现在安装上了摩天轮和摇来摆去的海盗船。

就在这样一个晚上，就在全城欢庆的时刻，众福党的领袖去世了。体育老师跟此人有过一面之交，他手里总是拿着三部手机。当时天已经很晚，早就吃过晚饭了，体育老师接到了那个电话。他妻子被电话铃声吵醒，听到他的语气，她有些担心。于是她坐起身来，问道："出什么事了？"

她告诉体育老师这个时候在哪里或许能买到白花编成的

[①] 杜尔迦节（The Durga Pujo Festival），印度教徒为感谢杜尔伽女神的功绩，送她回家与亲人团聚的节日，是印度的主要节日之一，每年10月初开始。

花圈。

体育老师坐上人力车,然后换了一辆出租车,没想到出租车中途抛锚了,于是体育老师下车奔跑起来。人群如溪流般从他旁边涌过,朝着相反的方向。时不时地会有孩子掠过,个头还不到他腰部呢,他们吹着管乐器,管颈慢慢展开,露出一片翎毛。

众福党领袖的家在老城区,这里的小巷每次只能通过一辆大使牌车。有两辆警车在那儿疏导人流。一群男人端着陶瓷茶杯,因为茶水热烫,他们就抓住凉凉的杯沿。邻居们站在小巷两边的阳台上,围观聚起来的人群,好似过节一般。

"人从医院里运回来了吗?"体育老师问旁边的一个陌生人。那人挎了一个布包,模样看起来像个学者。

"就在几分钟之前。"那人回应道。

体育老师没有看到他熟悉的面孔。他站的地方离领袖的房子还有一段距离。他手里捧着一大束白花,高高的,这是他这个时候唯一能找到的花。有传言说首席部长要过来慰问,铁路部长也会来。有辆车驶进来了,里面坐的是一位著名演员。他从车里走下来,脸上戴着墨镜。他对着人群双手合十,低头,之后就进了屋子,看不见了。人群咆哮着,一起向前移动。有那么一会儿,体育老师担心会出现踩踏事件。

"请保持秩序。"前面有人喊道,"他妻子在里面,他年迈的母亲在里面，请对她们尊重一些！"

体育老师加入到这本应极度悲伤却异常兴奋的人群中，内心感到非常羞愧。此刻他又体会到了第一次参加众福党集会时的那种感觉，当时他内心还很胆怯、不自信。

他是不是应该回家？他是不是应该在更为平静的时候致电死者亲属？但是他买了这些花儿。他要不要让比马拉·帕尔看到自己来了？所有高级部长都在屋子里。是不是结识其中一两位会更好呢？

就在这时，体育老师听到一个声音。

"你来了啊。"那位助理说道，就是骑着摩托车给体育老师送法院奖金的那位。体育老师满怀感激地跟着助理，后者领着他穿过人流，嘴里还说着："让开，让开。"体育老师感到人们的目光都落在他身上。他能感觉到这群人心里在想什么——这让他想起了好久之前在火车上他接受那个免费穆里的时候——人们心中想的是：这人是个什么大腕呢？

爱儿

没有新生儿或新婚夫妇需要祝福的时候，海吉拉之家的姐妹们就在当地火车上给人祝福挣点钱。这是我们的传统。在杜尔迦节期间，女神不在天上，而在我们城里，所以这个时候我们更是如此。

"好了，姐妹们，"阿尔琼尼·玛双手合十，对车厢里的人说，"你们都想得到祝福吧？"

躲在窗边的乘客往外看，装作没听见她的话，但可不能让她们这样。阿尔琼尼·玛特意冲这些人喊道："听着，善良的妈妈们，请给我们几卢比吧。"

有好多脸转过来了，但愿这些都不是德布纳斯先生表演课上的那些面孔。上帝，请不要啊，我在心里念叨着。如今，我正在通往明星的道路上，为什么要毁坏我的名声？在我一生中，表演班的那些同学也许是仅有的没看到我干这行的人，他们不知道这个行业让我在别人看来有些恶心。然而，我要是不干这行，又怎么攒钱上表演课呢？

在火车上我总是能学到东西。这里有位母亲盘腿而坐，熟睡的婴儿放在她腿上，她的脑袋斜靠在肩膀上。原来她也睡着了，睡得很香甜。我们刚才说的那些话，她一句也没听到。下次我要是扮演一位疲惫的母亲，就会想到她的样子。

许多人在往窗外看，看这个国家的田野，那种令人舒缓的绿色。稻田和椰子树的田野，乡村地区无尽的绿色。啊，这些都是幻想！他们眼里实际上看到的是丑陋的郊区。小巷上方挂着横幅，在为冷霜打广告。横幅的布料上打有小孔，风可以由此穿透。在安静的城镇，两层楼房被粉刷成亮黄色和蓝色！粉绿色！你在城里永远看不到这些颜色。房屋从尘土中凸现出来，有的房子上还插着当地政党的旗帜。有座房子的屋顶上有个流浪汉，给派上去修理电视天线，他的脑袋好像蹭到了天际。

这就是我透过车窗看到的一切，这些窗子就和电视机的屏幕一样。

一天早上，邀请卡到了。邀请卡是从人们手中传过来的，因为上面没有写地址，只有海吉拉爱儿，科拉巴干火车站附近这几个字样。我打开卡片，就像它是我的心脏瓣膜一样。上面的字我读了好多遍，后来就像一首歌曲萦绕在我的脑海。打开卡片，合上卡片，再打开卡片，再合上卡片，我的心已经准备好一褶褶地慢慢撕裂开来。

在邀请卡上约定的那一天，在市政水龙头下，我把洗发水倒在头上冲洗头发，胳膊上还抹了油，脸上喷点玫瑰水，头发梳成高高的圆发髻，又厚又密的头发上戴了个花饰。然后，我动身前往举行仪式的大厅，阿扎德要在那里迎娶一个女人，一个真正的女人，将来有一天阿扎德要跟她生儿育女，这就是我催着他做的事啊。阿扎德跟我这样半男半女的人在一起的日子已经结束。我胳膊下面夹着一个包装很漂亮的小盒子，里面放着一个欧洲人模样的小雕塑。

大厅里有一个用花儿和树叶搭建而成的门，上面写着：阿扎德和莎娜姆的婚礼。站在旁边的一位女士给到来的每位客人端来一杯冰凉的玫瑰露。

我突然感到特别口渴，于是把一杯玫瑰露都咕嘟咕嘟喝下去了。我还是觉得我的舌苔很厚，喉咙很干。里面，阿扎德和他的新娘坐在配对的宝座上。这对宝座后面有一堆包装好的大箱子，里面装的一定是他们婚后要用的烤炉、毯子和盘碟。阿扎德笑容满面，三十二颗牙齿都露出来了，在跟哪个老叔握手呢。接下来，他看到了我。我们相互对视，我们无话可说。

我就是鼓励阿扎德向前走娶个女人成家的那个人，难道我不记得了吗？此刻阿扎德看起来很帅气。他的头发梳理得整整齐齐，身穿一件象牙色托蒂古尔达①。他的新娘脸上抹得白白的，活像个幽灵，嘴唇涂得跟西红柿一样红，脖子上至少戴着五六条金项链呢。我并不在意金子，我在意的是——此刻我手里拿着空空的玫瑰露杯子——阿扎德带着爱意给她挑选这些物件儿。阿扎德不是有次跟我说没有我他活不下去吗？那他为什么不娶个独眼丑八怪呢？

不管怎么说，我现在要显得高贵些。我拿着礼物朝新娘和新郎走去。

"爱儿，"阿扎德极不自在地说，"你能来真好。"

我感到自己快要哭出来了，我的心脏在胸腔里像乒乓球那样怦怦地跳动。我对他俩说："祝福你们婚姻绵长。"那个姑娘弯腰鞠躬，希望得到祝福。而我爱儿感觉自己就像个女神，一位圣者，相信爱一个人就放手让他走。

在排队就餐的时候，我一只眼睛盯着比尔亚尼饭，另一只眼睛瞅着中国辣子鸡，不知该哭还是该笑。瞧瞧我，在等着享用我丈夫的婚宴呢。我手里端着盘子，拿着餐巾纸，呼哧呼哧地吃着。我一边吃一边环顾四周，大厅里装饰用的是塑料花，角落里还有个小喷泉。这种生活不是很奇怪吗？

我在心里告诉自己，我对阿扎德的爱存在于另一个世界，那里没有社会，也没有神灵。在现在这种生活中，我们

---

① 托蒂古尔达（Dhoti Kurta），印度男性传统服饰，托蒂是围裹在腰间，下垂至膝或脚面的棉布，古尔达是宽大、过膝的长衫。

永远了解不了那个世界,但我肯定它一定存在着。在那儿,我们的爱情故事得以书写。

那天晚上结束后,我一个人走在小巷里。店铺都拉下了百叶窗,只有一家焊工店还开着门,里面有个人戴着面具在干活。机器迸射出亮晶晶的火花,洒落在路边。在这个疲惫的人的手里,这就像万灯节①。

德布纳斯先生让我准备一个表演样片,好向他的制片人展示我的演技,同时我也可以从这个开始,自己接小小的表演项目。在一家样片室,前台嘴巴张得大大的,正拿牙签在嘴里捅来捅去。这是我能找到的最便宜的地方了,毫无疑问,我只能在这里录制了。

"哪一级。"那人木然地说。

"什么?"

"你想录制哪一级的表演样片?基础级是六百卢比,高级是一千卢比,豪华套餐是两千五百卢比。"

听到价格,我倒吸了一口气,然后选了基础级。他在写字板上填表,问我:"你叫什么名字?"

"爱儿。"我回答说。

听到这,他像马那样打了个响鼻。

---

① 万灯节(Diwali),又称排灯节,每年10月或11月举行,印度教的重要节日,是以光明驱逐黑暗,以善良战胜邪恶的节日。

我看着那张表,看到我名字旁边写着:B。

"你怎么就给我定为B了?"我追问他,"我还没有表演呢。"

"别激动,女士。"这个男人抱怨道,"你干吗看我写的东西?这只是行话,不是什么你的个人信息。"

然而,他并没有告诉我这个B是什么意思。我后来知道了,自己搞明白的。B级是指那些脸蛋不漂亮或者肤色不是浅色因而演不上A级角色的演员。B级演员只能演仆人、人力车夫、小偷这样的角色。观众期待看到B级演员被剧中的英雄拳打脚踢,扇耳光,打倒在地。

我走进一个房间,紧张地站在一个真正的而非假设的摄像机前。它被放在三脚架上,有道红光不停地闪啊闪。那个满脸睡意的男人站在摄像机后面。尽管我不喜欢他,他也不喜欢我,但此刻我感到自己就是一名真正的演员。我看着摄像机的镜头,知道将来会有一千人、一百万人透过它看到我。因此,即使今天只有一个性格暴躁的男人在这里,他拥有三重身份,既是接待员,又是文员,还兼摄像师,那又怎么样?正如他们所言,也许这是个小而美的公司呢。

这人跟我说他会给我录制十五分钟的胶卷,有不同的人物角色和不同的扮相。他提醒我,这就是花六百卢比能得到的所有东西。

"不过,你要是录豪华套餐——"

"没必要！"我说，"基础套餐就可以。"

我把头发束起来，做了点发声练习。在空荡荡的房间里，我的声音听起来也空落落的。

他又开口了："你能演愤怒的家庭主妇吗？"

又说："你现在试演一个等公交车的人，车一直没来。微妙的表情，明白吗？"

还说："你是个使性子的婴儿。"对此我反问道："婴儿？"

不过，也许这些都是成为演员的各种考试，你必须毫不犹豫地进入到人物角色里。

不管怎么说，我躺到地上的脏垫子上，一只小虫子在垫子边缘爬着，想找个能藏身的孔隙。我平躺在垫子上，手脚都举了起来，比起一个婴儿，更像是一只将要死去的蟑螂。我哇哇地号哭起来。

整个录制过程中，我感觉就像这个人是在替一个不良网站偷拍我。一个收银员怎么可能完全掌控摄像机呢？想到这里，我内心有种极不自在的感觉。

这个人从我手里收走六百四十卢比——"税"，他这么解释，然后把 CD 给我了，我总有种被骗的感觉。

我回到家，有个人在门口等我。他西装革履的，因为衣服看起来太干净了，所有人都看着他。他手指上戴着一颗绿宝石、一颗红宝石、一颗蓝宝石，还有一些铜戒指。

"你叫爱儿吗?"我从手包里掏钥匙时,这人问道。

"这跟你有关系吗?"我反问道。男人们总是想占点什么便宜。

"吉万说,"他呼哧呼哧直喘气,就像一条紧张兮兮的鱼,"吉万说你愿意去法庭做证,她妈妈来找过你——"

"你是哪位,先生?"我问他。

他说:"我是吉万的律师。我过来是想确认你会到法庭做证。"

他递给我一张表。

"我不认识英文字。"我跟他说。

"她不是教你了吗?"他问我。

"她是教过我。"我叹了口气,"吉万怎么样?她能吃饱吗?"

这人没有回答我的问题,反倒是喜欢问我更多问题。现在,他又问道:"我能坐下来跟你谈谈吗?我可以帮你填这个表。要不我们去那边的茶店?"

. 161 .

体育老师

没有举行任何仪式，比马拉·帕尔就悄然成为众福党的新任领导人。两个月后，她给体育老师派了一项任务。说实话，他觉得这项任务有点令人困惑。

空气中有种冬天的寒意。一辆众福党的吉普车把体育老师带到了八十公里开外一个名叫查尔奈的村庄。高速公路上，大卡车运载着花椰菜和土豆这些时令蔬菜，一路鸣起有节奏的汽笛声。行人不时地横穿公路，天不怕地不怕的样子，从两条腿跟上面的羊毛披肩构成的三角形可以看出是人的身形。

靠近村庄了，吉普车的车轮碾过村民铺在路上的麦穗。一个女孩坐在脚垫上，监督着路过的车辆充当磨盘从麦穗上碾压过去。在她身后，留着庄稼茬的田地从铺好的公路边上展开，一直延伸到天际，那儿的树林看起来模糊不清。

在查尔奈村，政府开办的学校是一幢没有大门的建筑，紧挨着一片尘土飞扬的田地。屋子里，有十来个人——体育老师知道，他们是老师——盘腿坐在地板上。体育老师进来时，老师们一言未发。他们给人这样一种印象：他们在等着别人告诉他们做什么，怎么做，是否要讲话或微笑。体育老师双手合起致意。

体育老师的任务是让这些老师意识到学生们每天得有半个小时的体力活动，得把他们从书本里放出来，呼吸呼吸新鲜空气，进行一些体育锻炼，搞搞比赛。如果学校没有大操场，就让学生跳绳。体育老师讲了二十分钟，其间感到有点荒唐，于是他就给老师们分发了众福党的小册子，上面有表现学业过重的学生上吊或从屋顶跳下来自杀的插图。这种事情确实发生过，此类问题很严重。然而，在这个地方，老师们面无表情，体育老师说什么他们都点头。体育老师感到派给自己的是一项愚蠢的任务。这里毕竟是个村庄，有着大片的田地和森林，孩子们本就在那里疯跑啊。

晚上回到家，体育老师脱下衬衫和贴身内衣，那个地区的土壤把衣服都染成红色的了。他洗脸的时候，耳朵眼里都是红色尘土。

"那他们把你派到那个地方究竟是要干什么？"妻子责问道。

体育老师想了想这个问题。他觉得这次田野之行是某种考验，至于他是否通过了，目前还不得而知。

吉万

监狱主楼后面有条长长的排水沟，上面覆盖着植被，绿意葱葱。沟的上方是一条弯弯曲曲的水管，上面有十几个水龙头。每隔一天的早晨，我都跪在这里给阿美里坎迪洗衣服。

有天早上，我跪在那儿搓洗衣服，把克米兹和夏瓦尔放在地上使劲拍打，看着一圈泡沫散开。这时，我感觉背后有人。原来是个看守，他说："你的律师来了。别洗了，过来吧。"

有这么简单吗？难道我不知道，要是我把阿美里坎迪的衣服放这儿不洗，她就会惩罚我吗？

我飞快地把衣服清洗出来，然后就使劲拧衣服，我把全身的劲儿都使在了胳膊上，衣服里淌下来涓涓细流。我上下甩动衣服，一阵轻柔的雨点落到我身上。我把拧干的衣服晾在牢房里的晾衣绳上。弄完这一切，我往探访室方向走去，每走一步就感到后背疼得厉害，好似合页需要上上油那样。

我从未见过戈宾德笑得那么开心。

"爱儿没走。"看到我进来，他站起身，然后说，"你说得对，信传到了。"

"我知道。"我对他说，"你找不到她，我妈妈找到了。"

"她答应过来做证。"戈宾德接着说，好像没听到我的话似的，"这是我们的胜利！"

几天后，我在报纸上看到有报道说戈宾德做了大量实地调查，晚上加班做了无穷无尽的侦探工作，最后找到了爱儿——那个难找的海吉拉。

我说起体育老师的时候，普南杜的眉毛向上扬了起来。

"怎么啦？"我说，"你认识他？"

"是跟比马拉·帕尔在一起的那个男人吗？"普南杜说，"众福党的新成员？"

"不是，不是。"我对他说，"他是我在高希女子中学读书时的体育老师。"

有一天下课后，我被太阳晒得快要晕倒了。体育老师喊我。这又怎么啦？我心里想着。我衣服的褶边磨破了？我的鞋带弄脏了？"你好好吃饭了吗？"体育老师说，为了不让我觉得尴尬，他用的是一种责备似的口吻。

我笑了笑，好像他这种关心很愚蠢。"天太热了，老师，所以我才感觉很虚弱。"

体育老师看了我一会儿，我等着他惩罚我。老师们喊我时，通常都是惩罚。

但体育老师把我带到教师办公室，从他包里掏出一个简易饭盒递给我。饭盒里面有几块飞饼，折成了三角形，还有蔬菜。

"坐下来吃吧。"体育老师说。我照他说的做了，我身上的所有器官都叫嚷着要吃东西，它们的需求超过了我的尴尬。我妈妈会给我们做饭，但这个月我爸爸要打针，就把我们吃饭的钱都花掉了。我早上只是就着食盐吃了点米饭。

之后，体育老师一直关注着我。他塞给我抹了果酱的面包，有时还有香蕉。我呢，继而更加热情洋溢地上体育老师的课。我原地慢跑——"抬膝！放下！"——活力满满地打篮球。我跳起来把球投进新篮筐。我甩开双臂大步流星向前跑，大腿摆动得快极了。我想到待在家里照顾爸爸的那些时光，而如今我四肢上都是亮晶晶的汗珠。

体育老师有些秃顶了，头上剩下的一圈头发梳得整整齐齐。他站在太阳底下，嘴里总是含着一只哨子，每一节课都是如此。他冲我笑笑说："太棒啦！"

有一次，体育老师问我有没有兴趣参加板球训练营。

我有时会想，体育老师格外关注我，是不是因为他也感觉自己像个局外人呢。他是位父亲——这是我的想象——而其他老师都是母亲。早上全校集合校长讲风纪品行，话筒发出刺耳的声音，女老师们就四处寻找体育老师来解决。这就是体育老师在学校的地位，有点与众不同。

接下来发生了两件事。

第一件事是我参加了一位同学的生日晚会。普利娅的妈妈带我们坐公交车回家，还替我买了公交车票。我站在高低不平的木板上，这次穿着鞋子，伸手抓住公交车顶上的扶手。车上有位女士在吃巧克力威化饼干，她腿上放了满满一包呢。我瞧了瞧那些饼干，没人注意到它们，谁会把它们放在眼里呢。

普利娅的房间里有一张专供她学习用的书桌，上面还配有一盏专用台灯。灯身折弯下来，这样灯光就能照到书本上，又不会刺到她的眼睛。我从未见过这样的台灯，直到现在我还垂涎这盏台灯呢。

厨房里，普利娅把饼干捣碎了，放上巧克力酱做甜点。她妈妈训了她一通，说会影响我们晚餐的食欲。不过我大勺大勺地把甜点吃光了，还把我的晚餐也吃得干干净净。我从未见过这么多好吃的东西，有油炸圆饼、木豆、鸡肉。他们担心我们嫌家里做的食物不好吃，还在公交站的小车上买了中式面条。我离开时，普利娅的妈妈还给我装了满满一饭盒的食物，让我带给爸妈吃。普利娅是百万富翁吗？不是，她只是中产阶级。

这让我很骄傲。瞧瞧我，妈妈，我有中产阶级朋友。这就是我当时的想法。将来有一天，我也会成为中产阶级的。

第二件事发生在一个晚上。妈妈的叫喊声把我吵醒了。天色漆黑，我恐惧地坐起身来。

"瞧瞧他们把我抓伤了，这些野蛮东西。"我妈妈说着伸出了裸露的前臂。是的，他们把我妈妈抓伤了，不管他们是谁。我爬下床，呼吸急促，温柔地握着她的手臂，好像我的触摸具有安抚的力量。一些等着买早点的顾客站在那儿，他们吃不上早饭了，因偶然遇上的倒霉事烦躁不安。

在这次夜市上，有两三个男人推我妈妈，从她手里抢走了我们买食物的钱，嘴里还冲她喊道："滚回孟加拉。"

后来，四周的人散开了，妈妈坐在屋里，双手掩面。她抬起头来，顿了好久才说："他们摸我这里，摸我这里。哎我的闺女，我的宝贝，别让我说了。"

听到这话，我看到了作为一个女人的妈妈，感到了她的羞辱。在这种事情上，以往我总是感到羞耻，而此刻我感觉到的是强烈的愤怒。这种愤怒蠕动到我的下巴，我咬紧牙才能让自己平静下来。

我们的生活为什么是这样的？我妈妈每天半夜去买廉价的蔬菜，遭受袭击，被人抢劫，这是什么生活啊？爸爸的病痛到了难以挽救的地步，大夫才把它当回事，这又是什么生活啊？

于是，我做出了一个决定。这个决定是好是坏，我再也无从知道了。

插曲

有抱负的演员布里杰什来到一个新购物中心

这里过去是个缝纫机厂,现在则开了家新的购物中心。看到这个新购物中心时,我惊得下巴都要掉了。它看起来像个机场,尖长又锐利的样子。这儿是玻璃,那儿是玻璃。到处灯光闪烁,好似过节一般。

星期天表演课后,我换上新牛仔裤,穿上胸前口袋缝有骑手标识的那件衬衫,系上扣子。衣服是在艾伦巷的花花公子服装店买的,我有时会去那里逛逛。我掏出手机,给朋友拉朱打电话,拉朱是干刷墙营生的。我们一起来到这家新购物中心。在购物中心外面,有卖小吃和糖浆刨冰的商贩,其中有几个小哥我认识,就冲他们点了点头。他们说:"进去吧,进去看看里面是什么样子!"

于是我和拉朱进去了。拉朱胳膊上沾了点漆。我洗了头,头发梳得整整齐齐。我的鞋子有点脏,我就在鞋上脏的部位喷了上光剂,差不多都给遮住了。排队过安检门时,我抬头看到戴着金表的女人的大海报。走过安检门时,我闻到了里面飘出来的带有空调味的气息,还夹杂着香水和皮革的味道。哎哟,迎面扑来的空气好凉爽。我感觉特棒,我很兴奋。带有凉意的微风飘了过来,就在这时,门卫一把抓住我的胳膊。

"五十卢比。"门卫说。

"什么?"我说,"一边去,老家伙。"难以置信竟然有人无缘无故就跟你要钱!我也可以站在购物中心外面,大声喊着跟人要钱,看看我能要到多少。

"五十卢比的入场费。"门卫说。他既没恼怒也无兴趣,他的眼睛在看着别处呢。

"去哪儿的入场费?我们就是去逛逛商店。"拉朱说着掏出他那个新买的大智能手机,漫不经心地在手里摆弄,以示自己是个有钱人。

可这个老门卫没有上当。"瞧瞧吧,兄弟,"他开口说,"掏五十卢比就可以进去了。要不然就在外面享受空气吧。"

"像我这样。"他又说。我可没心情跟他称兄道弟。

"你没跟前面那个阿姨要入场费啊!"拉朱争辩道。有个女人走在我们前面,她柔软的白肚子把粉色纱丽都给撑了起来,胳膊上层层脂肪厚得都看不到胳膊肘了,想必她每天都吃羊肉。而现在她已经消失在购物中心里。

"兄弟，规定是我制定的吗？"门卫说，"我只是告诉你们一是一，二是二。你们跟我争执，说这个人怎样啦，那个人怎样啦！你们要我怎么办呢？我呢，只是告诉你们规定是什么，你们自己决定——"

就这样，我和拉朱从入口处走开。我们看着对方，什么也不想说。于是，拉朱拍拍我的背，我拍了一下他的肩，我俩去了卖糖浆刨冰的小摊，买了橘子糖浆刨冰吃。然后我们就回来干活了。拉朱回到房子里刷墙，又戴上了散发着油漆味的头巾；我回到了我的电工铺，干活弄得我手腕也疼，大拇指也疼。不过糖浆刨冰很好吃。

体育老师

站在最后一件案子的法庭上,体育老师面对的是一个倒卖假货的人。他向当地的购物中心兜售冒牌耐克和阿迪达斯。这人名叫阿扎德,体育老师在站上证人席之前就把这个名字写在了便条上,以防自己记不住。

这个人看起来就像嫌疑犯,这是体育老师心里的想法。他的衣服有点太新了。他的头发向后梳,喷了发胶,油光闪亮。他画眼线了吗?可能画了。体育老师被告知此人是个假冒商品贩子,是个不道德之辈,他侵害国家经济利益,理应给送到监牢里。这就是他们今天在法庭上对他的指控。

"你从哪儿拿货?"法官问道。

"法官先生,"阿扎德回答说,"请相信我,这些都是捏造的。我甚至弄不了——"

"哪儿?"法官重复刚才的问话,"你想为此进监狱?"

"我不知道您在说什么,法官先生。"阿扎德争辩道,

"我就是为老板运运货而已,我可不知道真真假假——"

"这个案子是谁起诉的?"法官有些恼火了。律师指向体育老师,体育老师正站在证人席上。他的故事是这样的:他花八百卢比买了双鞋,只穿了一次,鞋底就开胶了。

阿扎德听着体育老师的讲述,眼睛睁得很大。"你是谁,先生?"阿扎德打断体育老师的话,"这人是谁啊?我这辈子都没见过他啊。你鞋子出了问题关我什么事?"

法官警告阿扎德,让他保持安静。最后,法官命令阿扎德支付五千卢比的罚金。

体育老师看着眼前这个人,看到他眼睛里含着泪水,心里颇感震惊。阿扎德哭了。恐慌之中,他哀号道:"法官先生,我就是个运货的,我到哪里去找五千卢比啊?我刚刚结婚,还得养活老婆——"

法官恼怒了,宣称只要他还在主持法庭,就绝不能容忍假货交易。"你要是付不起罚款,那就坐监牢。"他宣布说,"你愿意坐牢吗?"

爱儿

录制了表演样片之后,经德布纳斯先生推荐,我前去见一位选角导演加加瓦拉先生。

约定见面的那天早上,我在脸上容易出油的部位,前额啦,鼻子啦,下巴啦,都扑了爽身粉,万一他要我当场录制点什么呢!

我再次前往电影区,不过这次是与德布纳斯先生家相反的方向。我路过一家有百年历史的大制片厂,现在它堵住了部分路段。那些大明星在这个制片厂拍片,市政公司就听任它待在这儿了。

选角导演的办公室离得不远了。我沿着一条小巷往前走,这儿有个敞开的排水沟,大批蚊子飞来飞去。很快,我看到一扇门,上面写着加加瓦拉。

门板很薄,其中一块木板的底部裂开了。我沿着楼梯往上走,吃惊地看到墙上有一片片红色的痰块,把墙弄得脏兮兮的。说真的，这个办公室看起来脏极了。但在声望和成功是从哪儿来的这件事上，我算老几啊？

我敲了一下上面标有3C的那扇门，听到里面有个男人在打电话，嗓门很大。那人大声说："进来，进来。"我走进去，看到那人坐在桌旁，低头打电话。他冲我挥手招呼我上前，指了指桌子对面的那两把椅子。我坐下来，摸了一下肩上的衬衣边，确保内衣肩带没有露出来。德布纳斯先生的表演训练让我时刻注意坐姿，保持挺直。我感到紧张的时候，这个坐姿会让我自信起来。我坐在那儿等着，努力让自己看起来不乏谦逊，同时又带些高贵。

电话终于打完了。加加瓦拉先生站起身，绕过桌子来到我这边，握住我的手。他跟我握手的样子好像我是总理一般。

"抱歉让你久等了。"加加瓦拉先生说。他说话的时候，口腔里散发出一股槟榔的味道。我看到他的牙齿上留下了槟榔叶的红印渍，也许每天在楼梯间吐痰的就是他呢。"有些制片人，他们太依赖我了，每个小细节都想讨论……"他边说边摇头。拿这些急需支持的制片人怎么办呢！

"喝茶？还是百事可乐？"他问我。一个小男孩从门口探进头来等着我们点喝的。他怎么知道有人需要呢，我不知道。不过，这儿是专业电影公司办公室，办公室就是这样运行的吧。我说："白水就可以，谢谢。"加加瓦拉先生反问了一句:"白水就可以?"然后他对门口的男孩说:"来罐冰百事,直接从冰箱里拿。"

我喝着倒在玻璃杯里的百事,像影星那样把纤细的吸管含在嘴角。我不想把口红弄得一塌糊涂。我的面前是张桌子,上面放着一块玻璃板,玻璃板下面是大影星的签名明信片。我认出来了一些名字,它们是印出来的还是亲笔签名?我心里闪过这个疑问。接着我便责备起自己来,瞧我,太怀疑人了!这些自然是亲笔签名啊。这正是我现在想要挤进去的圈子。

加加瓦拉先生坐下来,面前放着茶,脸上的神情极为严肃:"你的表演老师德布纳斯先生是我非常敬重的人。所以,当他说'嘿,我这儿有个学生,你应该看看'时,我马上说'很荣幸,跟学生说赶快过来吧'。他的话我很当回事儿——非常,非常当回事儿!"

我小口抿着百事,脸上带着笑容。这种起泡的甜饮让我感觉很好。

加加瓦拉先生说:"是这样的,卡玛①,我是说卡玛尔·班纳吉,听说过他吧?"

谁没听说过伟大的导演卡玛尔·班纳吉呢?

"卡玛正给一部影片选角儿呢。我给你透透剧情吧。这是个有点曲折的爱情故事,发生在收获的季节。雨水不足,

————
① 卡玛(Kamz),卡玛尔(Kamal)的昵称。

庄稼收成不好，全村人都在遭罪。你瞧，就是这样的。这部影片将会一鸣惊人，记着我说的话。影片中有个场景是一个倒霉的海吉拉来到村里，说着'快给我钱，妈妈，我的孩子在挨饿'之类的话，明白吗？片中男主角也因自己田里的庄稼都死掉了而痛苦万分。请注意，痛苦中的他走出来，用扫帚赶走了那个海吉拉。"

此时我在飞快吮吸百事。要点来了，确定无疑。

"这个海吉拉角色，"加加瓦拉先生说，"你是完美人选。你的表演样片CD带来了吗？"

我希望成为银幕上的女主角，至少演女主角的姐妹或闺蜜吧。现在有一位选角大导演跟我说要我演一个小角色，还是个被扫帚赶下银幕的人物！我把嘴角的吸管拿出来。我的心一下子沉了下去，这个房间突然让我特别不开心，我看到了屋角的耗子洞，感到这把破椅子在摇晃。我很小声地说："带了，先生。"我把装在盒子里的CD递给了他。

加加瓦拉先生感觉到了我声音里透出的失望之情。他接过CD，身子往后靠在椅背上。"你知道，"他说道，眼睛瞅着天花板，"好多人来找我，觉得我能把他们安排进电影里，信手拈来的事。不过事实并非如此。如果你认真对待自己的职业，不想停留在业余水平，那你就得从入门水准的角色开始。"

"没错，当然，先生，"我说，"我不是要——哦我只是刚刚了解这一行业是怎么运作的！抱歉我对此一无所知。"

"不用，不需要因一无所知而抱歉。"加加瓦拉先生说道，语气又有点友好了，"我看一下这个 CD，然后给你打电话，可以吗？出门的时候请付一百卢比费用。"

"费用！"我的声音听起来很虚弱，"还要收费？"

"我这里看起来像个非营利机构吗，爱儿？"加加瓦拉先生笑了起来，"是的，这个费用是用来确保你待在候选名单里，以便我随时为你推荐角色。"

我走下楼梯的时候，满肚子百事可乐在里面翻腾，我感到自己被骗了。一，他收我一百卢比；二，从他这儿，我永远演不到好角色。所有这些人都在跟我开玩笑吗？

外面太阳亮得很，我用一只手遮挡着眼睛。我曾听说瑞斯玛·戈亚尔——现在可是一个大明星啊——在一家每日咖啡店被选角导演放了血。那里一杯咖啡要花一百卢比。想到这里，我忍不住叹了口气。我要是有钱的话，也可以用那种方式追逐我的梦想。

有那么一会儿，我感到灰心丧气。我沿着大街，边走边划动手机屏幕，浏览 WhatsApp[①] 上的信息。

我的姐妹给我转发了有用的建议：

全印度饮食学家集团警告：不要在同一天吃橘子和巧克力，否则——

[①] 一款用于即时通讯的应用程序，主要在智能手机上运行。

不要接听+123456号码的电话，它会用你的手机卡打国际——

有个姐妹发来一个笑话：

圣辛格为什么晚上在床头放一个满杯子和一个空杯子？因为他可能喝水也可能不喝水！

我抬起头来，看到街角商店旁有个男孩。他在给别人的手机充值，正用指甲刮卡上的编码，但他的眼睛却直直地盯着我的胸。

"过来吃点奶水？"我冲他喊道。

现在我快走到火车站了。不过我没有去坐火车，而是不停地走啊走。我的脚自动向左转，向右转，向左转，直到来到我非常熟悉的房子前面。这是一栋两层的房屋，外墙粉刷成了黄色。阿扎德的家。他结婚了又怎么样？他跟我说过我们的关系不会被人为的规定破坏。然而，现在好多天过去了，他都没来找我。我正渴望他的拥抱，渴望他再来找我，渴望着我们能坐在地板上吃巧克力冰激凌。我可以跟他讲讲这个加加瓦拉先生。我知道他会让我对这件事一笑了之。

我俩关于婚姻的谈话让他恼火，这我清楚得很。但他会来的。我看着阳台，急切地希望看到一件衬衫、一条裤子，上面透出他的身形来。然而，晾衣绳上空空如也，只有阳台栏杆旁放着阿扎德的鞋子。阿扎德经常穿这双鞋子，我从老远的地方也能认出来。这双鞋在耐克鞋子中算档次高些的，鞋上不是一个对勾，而是双勾。阿扎德对时尚新款了如指掌。我心里想着过去的那些时光，他在我的房子里，在我的房间里脱下这双鞋子，拥抱我——

突然有个男人的声音传过来："喔，大姐，请让顾客进来。"我转过身，看到身后有个汽车修理厂，一股柴油的味道。跟我说话的那人是个锡克①叔叔，他身穿灰色工作服，头戴红色头巾。他一定是这家修理厂的老板。

"怎么啦？"我反问道，"难道我是头大象，把整条路都给堵住了？你的顾客要是想进来，打这儿过不去吗？"

说完这话，我脑海里立马闪现出一个可怕的念头：我可不想让阿扎德不经意间看到我这个样子。于是我优雅地走开了。

"好的，叔叔，"我说，"您说的是，我走了。"

---

① 锡克（Sikh），信仰锡克教的旁遮普人，主要分布在印度北方地区，尤其是旁遮普邦，是一个典型的宗教民族。身材高大，包头，蓄须，这些是锡克族男子的标志。"Sikh"一词源自梵语"Shishya"，意为"弟子"或"学生"。"锡克人"是作为社会群体的称谓，"锡克教徒"则是单纯从宗教信仰角度的分类。

吉万

乌玛夫人手里拿着带有金属尖的棍子,正在用这根棍子敲打我们牢房的栏杆。她沿着走廊一路走过去,留下叮当,叮当,叮当的响声。

"起来,起来,"她喊道,"该起床了!"

我听到声音越来越近,然后在我的牢房前面没声了。我躺在床垫上,向上看。我没在睡觉,只是心里还不愿意开始这一天。现在是早上六点,太阳的热量已经温暖了墙壁,蒸热了空气。我的皮肤黏糊糊的。我抬起头来,乌玛夫人把棍子从栏杆那儿伸进来。"特别是你!"她说,"就因为你,给我们搞了这些麻烦。你怎么还在睡觉?"

我的案子让女监受到彻底的审查。电视台和电影制片人想展示一下我们在狱中的生活和活动情况。我想象着这些人缓慢地走进来,像看动物园里的猴子那样看我们:"现在囚犯要看一个小时的电视,然后她们会去做饭。"监狱管理部门越是拒绝他们的要求,他们心中就越起疑。监狱管理部门的人抗议说这是安全问题。但我们的监狱想要隐藏什么?条件有多糟糕?公众想知道。我们听说,有些电视台的要求看来极有可能得到满足。这样的话,在电视台摄制组来前,监狱得先"美化"一番。

"美化!"乌玛夫人离开时嘲弄地说。

今天上午,我接到的任务是把厨房墙壁上长年累月的油脂煤烟给刮擦下来。别的犯人拖地,换灯泡,在花园里种树苗。有几位宠儿干点轻活,粉刷墙上的壁画。阿美里坎迪是大伙的头儿,此刻她嘴里含着一块融化的吉百利牌巧克力,正在指挥大家干活呢。

整整一周的时间,女人们都在抱怨她们站着干活的时间太长。这个活儿让我的旧伤加重了。我用钢丝棉蘸着煤油擦拭墙上的那些油脂,手掌烧得生疼。但是谁又能确定,在这座监狱里,干这个活的这只手是我的?在我的脑海里,我的手在法庭上抓住面前的桌子,我看着支持我的那些人,他们当中有脖子上长瘤子的卡卢,当然还有爱儿,以及妈妈早点摊的一些老顾客,他们可一直要妈妈重新开业呢。这些人都出现在法庭上,告诉聚集在那儿的人,说他们看到我给爱儿送书了。他们知道我教她英语,爱儿的邻居们也知道。十几个人都了解的情况难道不可以作为某种证据吗?

普南杜又过来了,我跟他讲了我告诉妈妈我要辍学的那一天的事。

"妈妈,"有天我跟她说,"我跟你说点事,你不要生气啊。"

普南杜身子向前倾,好像他是我妈一样。

妈妈从炉边转过身来,看着我。她手心朝上,手掌里托着一张撒了面粉的飞饼。

"读完十年级,"我说,"我就不上学了。我要工作挣钱养活你和爸。"

我的耳朵发热,嘴巴干燥。

"谁教你的这些蠢东西?"妈妈说道,抬头看着我,"你不想上学了?瞧瞧我这个蠢丫头!那你干什么?"

"工作,妈,工作!"我说,"爸的背还没有治好,他好长时间没干活了。晚上夜市的活儿对你也不安全。你忘了被人袭击的事啦?我们怎么挣钱啊?"

"这个不用你操心,"妈妈厉声呵斥我,"你什么时候变得这么婆婆妈妈了?去上学,好好学,这是你该做的事。"

我不能放弃。我要是被她说服了,就永远不会再提辍学的事了。

"十年级毕业生,"我说,"能找到薪水不错的工作。我可以读完十年级,参加毕业会考,然后去找份工作。"

经过好些天来来回回反复劝说，妈妈让步了。有天晚上，我们吃完晚饭，她认输了。

"既然工作这个鬼玩意儿已经让你耿耿于怀，我又能怎么办呢？"她说，"那好吧！把你的生活毁了，我有什么好在意的？等你长大了，住在贫民区，不错啊！"

也许这并不是个高明的决定，然而，又有谁来教我如何塑造一个更好的生活呢？

在毕业会考即将到来的那个月，我特别刻苦地学习。夜深了，我还坐在床上，一只手握着手电筒照亮书页，嘴里咕哝着课文段落，背诵的时候身子前仰后合。到了夜深人静的时候，我听到外面有人在沟里撒尿。有时候，我还听到脚步声，轻得如同鬼魂在行路。我不知道自己学到了多少东西，不过我确实把整个课本都背诵了下来。

三月份，毕业会考开考了，我去了指定学校参加考试。我们是在其他学校的教室里考试，不在我们自己的学校，这样我们就不能提前把答案刻在课桌上了。有几个女孩在小巷里走来走去，手里拿着课本，嘴唇不停嚅动。不远处，有个女孩弯着腰在呕吐，她妈妈在给她拍后背。

在一间教室里面，我坐在本来属于别人的椅子上，心里有种怪怪的感觉。这张椅子前面摆放着一张书桌，桌子有点歪，桌面上刻有红心，旁边有"S+K"字样。一位老师开始分发答题纸,我准备好了草稿纸,手里紧紧攥着我的新圆珠笔,一直等到试卷也发给我。窗子外面有棵树,纹丝不动。

三个小时后,铃声响起来,我用橡皮筋把这些纸页都捆起来,交给了监考老师。我的中指因握笔太紧而有些肿。

走廊里,女孩们三五成群地站在那儿,手上沾有墨汁,有人在揉发酸的手。我准备离开,路过她们身边时听到些零星对话。

"那个夏天庄稼的题目,你写的是什么?"

"高粱!"

"我就知道会考这个图表。"

考试结果出来那天,我的心差点要跳出来——我通过了,我的成绩是52%[①]。这个成绩是班里最低的分数,同学们都关切地看着我。她们以为我会哭出来,或者绝望得崩溃。有几个女孩站在角落里哽咽,拿着手帕擦眼泪,她们的成绩是70%。但我跟她们不一样,我不打算考大学。我只要通过就可以,而我做到了。

回到家,我作为毕业生受到了热情招待。我爸妈太自豪了。为了庆祝,我妈把一块牛奶糖塞进我嘴里,还给邻居们分发了一袋糖果。

[①] 印度的学生考试成绩按百分比计算,就是把学生参加考试的科目总成绩除以这些科目的总分所得的百分比。

"我女儿,"她骄傲地宣布,"通过了十年级!"

妈妈好像忘记了我的计划。我没有。

接下来的那个星期,我手里拿着毕业证书复印件,走进了新世界购物中心,在潘塔鲁斯公司的牛仔裤部门找到了一份工作。

在潘塔鲁斯公司,我养成了一个坏毛病。我周围的人都有坏毛病。我们自己挣钱,那为什么我们不能放纵自己呢?我开始抽烟,昂贵的香烟,有品牌的单支香烟。我很骄傲地买烟,把烟凑到一根悬挂在烟店角落里、慢慢燃烧的绳子上点燃,然后学着影星的样子把香烟夹在手指间抽起来。

火车被袭的那天晚上,我走到一个不会被妈妈撞见的地方,就是科拉巴干火车站,那里有家烟店会营业到很晚。我买了单支香烟,点上。我站在火车站台上,轻掸烟灰,就像一个独立女性似的。我的旁边放着一包课本,我自己早就用不着这些东西了,我要把课本送给爱儿。

停着的那辆火车里有几位乘客瞅着我,大晚上的一个人,站在那儿抽烟。我想,此刻他们心里一定在想,我是个有伤风化的姑娘。

城里姑娘就是这样,我心里想道。我乐意让他们头疼。

接下来我听到啪啪两阵轰隆声,然后噼啪作响的火光犹如闪电一般从火车里蹿出来。我看到有两个人影溜进铁路线旁边的公共花园，那里杂草丛生，也是贫民区的厕所。一刹那的工夫，就有两节车厢冒起了浓烟，里面燃起熊熊大火。接着，火苗咆哮着冒出车窗，从一节车厢烧到另一节车厢。除了大火燃烧的声音，我什么也听不到。不过我能看到被困在车厢里的人脸，还有人们尖叫的样子。我站在那儿，整个人犹如凝固了一般，手上有一小簇火团在发热。空气中开始有种烧焦头发的煳味。

就在我前面，有个男人被锁在火车里，他在用拳头猛砸车窗的铁栏杆。那个人看着我。这是个成年男人，他在看着我，在呼喊，在跟我说话，他的两片嘴唇之间流淌着唾液。我听不到他说什么，但我能猜出来。他在求救，他把一个小女孩高高地举了起来。孩子身子来回扭动，挣扎着，哇哇大哭。

这个男人在恳求我过去，不管怎样，抓住他的小女儿，把她从车窗栏杆空当里拽出去。

我转身跑开了。在不知哪个地方的排水沟里，我扔掉香烟。我跑啊跑啊，一直跑到家才停下来。

我现在感到内疚，普南杜，听着，我现在感到内疚，因为我是个懦夫。

体育老师

有天早上，在全校集合校长讲话的时候，话筒发出尖厉的声音。

学生们都捂起了耳朵，老师们是一副冷静持重的神态。

体育老师没有急忙跑到前面去修理话筒，而是跟其他老师一样站在那里，平静地吮吸茶水。

校长大声喊道："苏雷什在哪里？"

苏雷什是行政办公室干体力活的人。他过来了，走到话筒旁边，抖抖电线。他把电线拔下来，又插上，然后轻轻拍了拍话筒口。

体育老师观望着，一个手指头也没动。

吉万

然后普南杜离开了。我醒来后,心在胸膛里呼唤。我强忍着咽下不新鲜的面包和干巴巴的土豆,今天没有茶。太阳还没有露脸,却让我们感觉到了它的存在——衣服黏糊糊地粘在肚皮上,咸咸的汗水从脖颈滴落下来。我跪在地上,做今天的美化工作,就是打扫盥洗室。我擦洗了马桶,往下水道里倒些硼酸,这能杀死污水管道里粘上油污的那些移动的泥块——几十只蟑螂。被水稀释过的硼酸刺痛了我手上的旧伤。

就在这个时候,在离这里很远的一间洁净的办公室里,普南杜在写我的故事,他的编辑会让故事更好听一些。

"你的编辑会让我的故事更好听一些?"普南杜跟我说这句话时,我大笑起来,"我的故事会更好听一些,要是——"

我数着手指头:"要是我们没被赶出家园,你明白吗?

要是我爸爸的背没有断裂，要是我妈妈的小营生没遭受袭击，要是我能负担起上学的费用。"

"不是那种更好听。"普南杜说。

"那是哪种？"

他没有回答。

两天后，我排队吃早饭。乌玛夫人来到院子里，手里挥动着一张报纸。

"你，"乌玛夫人瞅着我说道，一丝笑意隐藏在她那扭曲的嘴巴里，她把报纸递给我，"干得不错啊。"

报纸上大字标题写着：**"我冲警察扔炸弹"——恐怖分子讲述她的人生故事。**

故事的开头是这样的：通过在女子监狱的几次采访，记者听到了一个关于贫困和厄运，以及对印度政府终生怀有怒火的故事。这一切始于吉万的孩提时代，她跟家人一起被从靠近库尔拉煤矿的家园驱赶出来。她主动对记者坦白说，当时她和家人准备了自制的炸弹，用来攻击警察。

我从早饭队伍里走出来，坐在了地上。我把这几行文字又看了一遍。我忘记告诉他那些炸弹——这是我们对它们的称呼——只不过是屎尿吗？它们只不过是小虫子可怜的自卫工具罢了。

我看了一眼署名。普南杜·萨卡尔，上面这样写着。这是他的名字，不是吗？

我又读了几行。她对政府的愤怒并不是新近才有的，而是根源于被忽略的一生。本文从她父亲在一家政府医院被误治，导致他背部的损伤发展为让人渐衰的慢性疼痛病开始，到她住在政府的安置房里，水供应不可靠致使日常生活艰难作结，对她的故事所作的认真分析揭示了她对政府的敌意——

我读完了这篇文章，又从头读起。我又读了一遍，然后回到专栏顶部，看啊看，直到那些文字变成白蚁滚成的小泥巴团儿。我闭上眼睛，大地在倾斜，我也随之摔了下去。

我听凭乌玛夫人从我手里拽走了报纸。我坐在地上，只能看到她的脚，拔佳牌拖鞋里那满是褶子的皮肤，纱丽因潮湿的空气差不多变成了烂布。"感觉不错吧？"她在我头顶奚落道，"这就是你不经允许私自接受采访的后果！再采访一次！再采访十次！看看他们能帮到你什么！"

我感觉自己的脑袋低到了地上，抬不起头来。这就是他干的，普南杜。我就这样以蒙受羞耻的姿势坐在地上，听着乌玛夫人数落，直到那姿势成了我的全部。

妈妈来了，手里拿着一张报纸。
"别给我看那个东西。"我说道，怒火都撒到她身上了。
妈妈打开报纸，一页一页地翻开那似棉花般柔软的纸张。

"等下，等下。"她说，"卡卢给我读了。他说很好。"妈妈指着里面一个用铅笔圈划的栏目。

请留意媒体的审判，这篇文章这样写道。这不是那份报纸。有什么确凿证据证明这位年轻姑娘跟那场袭击有关？警察说的都是间接证据。这个姑娘是因为自己的穆斯林身份而成了牺牲品。

"看到了吧？"妈妈说，"卡卢跟我说这家报纸是站在你的立场说话的，人们在听着。如今一切未定，别放弃希望。"

我不知道希望这种东西意味着什么。每时每刻，很难知道我是拥有希望还是没有希望，也很难知道我该怎么弄明白到底有没有希望。

"这只是意味着你感觉毫无希望了。"妈妈在逗我。然后，她笑了，用手抚摸着我的脸颊。看守正背对着我们。

这一点都不好笑，不过妈妈的笑容，她嘴角那熟悉的褶子，那颗弯曲的牙齿，鬓角的缕缕发绺，一下子抚慰了我的心灵。

一小时的会面就要结束了，妈妈起身准备离开。她提醒我说："科拉巴干好多人都会去法庭说你的事，你等着瞧吧。你这么乖，又是好学生，还是我们这个地方唯一会讲英语的姑娘。他们会知道你根本不是这一家报纸上说的那种人。"

我点了点头，不想让眼泪掉下来。

这时看守喊道:"时间到了,时间到了!"妈妈把手轻轻地在我头上放了一会儿,然后就离开了。我转身向里面走去,绷紧身子以防跌倒。我在没有光的监牢里躺了下来,骨头贴着地板。

我吃惊地发现,这一切我居然都可以忍受下来。我做飞饼,清理出故障的新排气管。我干每样活儿,阿美里坎迪的眼睛都不离开我,等着看我崩溃倒下来。这种事并没有发生。我汲取了一些妈妈身上蕴含的那种巨大力量。

吉万的父母

屋子里又黑又暗,吉万的爸妈坐在那儿,面前摆放着米饭和酸奶,眼泪滴落到盘子里。

"我用尽了全力,"吉万的妈妈说,"才能在她面前笑出来。"

"我知道,"吉万的爸爸说道,一只手放在妻子肩头,"我知道。吃饭吧。"

吉万

法庭审判的第一天,乌玛夫人给我送来了一件纱丽。我认出来了。这件纱丽是我在潘塔鲁斯公司给妈妈买的,用了员工折扣。这种淡蓝色就像冬日里天空的颜色,衣服边上的针线活做得很简单。我穿上这件衣服,感觉妈妈就在旁边。

法院里有个花园。我脚下是新的土壤,院子里树木高大,光线太亮了,像碎玻璃一样扎进我的眼睛。蜂拥而来的记者尖叫着向我抛来各种问题,还抢着拍我的脸部照片。我一下车,警察就围住了我。我好像走在蛋壳里面。

记者们还在嚷嚷:"这儿!看这儿!"

他们大声喊道:"你会对死者的家人说些什么?"

"你在监狱里都吃些什么食物?"

"他们打你吗?"

"那个恐怖组织有人跟你联系吗?"

"他们教你怎么说了吗?"

在法庭里，我放松地坐了下来。这间房子很大，天花板很高，高得都能再建一层楼了。从天花板上垂下来好长的杆子，支撑着上面转动的电扇。一个白色帘子挡住了我前面的证人席，以防我影响到证人。

我的律师戈宾德问我想不想吃点东西，问了一次又一次。

"来根香蕉？"他问道，"开庭前你应该吃点东西。"

我没胃口。

代表政府的律师开口了。他讲述的故事是这样的版本：我是个不服管教的当地青年，辍学在家，对政府怀有敌意，在脸书上跟一个众所周知的恐怖分子招募者搭上了关系。律师用我在脸书上跟一位朋友——外国朋友——的聊天记录作为证据。在他讲述的这版故事里，招募者通过发送加密短信或打电话找我帮忙，而我答应了。这位律师坚持认为，恐怖分子需要找个当地的联络人，领着他们穿过贫民区那些曲里拐弯又没有编号的巷子，把他们一直带到火车站，然后再把他们带出去。在他的这版故事里，我不仅把恐怖分子领到了火车站，还往火车上投掷了火把。律师提醒听众，我此前还冲着执法人员投掷炸弹——

我受不了了。我站起身来，说道："那些并不是炸弹，我的天，它们只是我们的——"

戈宾德冲我嘘了一声，让我坐下。法官平静地跟我说坐

· 197 ·

下。我的耳朵里是雷鸣般的沉寂，我整个身子都瘫倒在木椅子里。

"嗯，"律师在总结他的发言，"请允许我提醒法庭注意，所有这些并非我编造出来的某种，怎么说呢，推测。这些内容在被告签署的供状里都可以看到。"

律师说着还特地指着我。

"我所说的上述内容，"他接着说，"都在供状里。此外，我刚才已经向诸位表明，所有这些情况都已得到了证实。被告本人多次重复了这样的话语，这些在尊敬的《灯塔日报》记者普南杜·萨卡尔对她的访谈里可以看到。"

法官的眉头皱了起来。他请律师们来到他那王位般气派的座位前。我坐在椅子上，等待着，四肢冰凉。法官私下里在交谈什么呢？我感到自己就像一只装扮起来供人玩耍的稻草玩偶，命运任由那些冷漠无情的孩子摆布。

接下来就是摆布。法官抛出我的"供状"，宣布说法庭不接受这份供状，因为我是被人强迫签字的——这一点，他是这么认为的。

戈宾德冲我抛来一个鼓舞人心的微笑。

我为这个小小的胜利而开心。我什么都没干，我什么都没干，然而法庭里没人相信我。除了我妈妈。此刻我妈妈就坐在我身后的某个地方，但我没有勇气转过身去，面对其他人的眼睛。

四天来，我每天都例行出庭。第四天，有位记者，也许是个路人，在法庭外面朝我脸上啐唾沫。我的律师递过来一张餐巾纸，我擦掉了，但没有工夫找个洗手间清洗一下。一整天，我坐在那里，脸上沾着陌生人的仇视。

到这个时候，控方已经叫了四十位证人，其中包括被驱逐出家园住在贫民区的老街坊，给我爸爸治病的那位大夫，资助我上学的那位非政府组织的女士。证人们在那个白色帘子后面做证，害怕我——我——用眼神恐吓他们。我听着他们鬼一般的声音。有人看到我抽烟了，好几个证人提到这一点，好像点根香烟跟点燃火把是同样的行为。

年轻女子抽烟就是犯罪吗？

有个男人来到了证人席。他开口讲话了，他的声音让我重新焕发活力。我听出了这是谁的声音。

我又回到了校园里，在打篮球。讲话的这个男人是我原来的体育老师。我等着他告诉法庭上的听众我是一名普通学生，我以前很爱打球。

体育老师说："她家里很穷，总是跟其他女学生格格不入。不过她在我课上并没有表现不好的情况。事实上，她球打得很好。我原本满怀希望她能成为运动员。"

听听我老师说的话，我心里想道。听听他说的话，他了解我。我想看着他的眼睛，向他表示谢意。然而，我看不到。

"是的，我认为她生活很艰难，"体育老师说，"有时候我给她午饭吃。我也不知道她能否吃饱。她对那些食物似乎心存感激。"

是的，我想起来了，我心存感激。也许是出于孩子的无知，我并没有充分表达对他的感激之情。现在只要他们允许我开口，我就会马上把感激的话说出来。我要感谢他为我仗义执言。还没有其他人愿意这么做，非政府组织里没有，我学校里没有，我住的地方也没有。

体育老师接着说："然后她就消失了。我努力想要帮助她，我鼓励她，给她吃的，然而有一天她不来上学了。这是十年级毕业会考过后的事。我要是没记错的话，她考得不太理想。不过那又怎么样？她可以在十二年级的时候补考，考出好一些的成绩。但她没有。她离开了，消失不见了。我再也没看见过她，直到后来看到她上了电视。离开学校后她也许卷入到某些犯罪活动中。这种事情会发生的。"

我感到胸口沉甸甸的，两侧肋骨之间被地心引力牵扯着向下坠。我努力想听听下面的内容，然而我的耳朵里好像有黄蜂在嗡嗡叫。

第六天，第七天，第八天，我的律师陈述我方的辩护。我试图说服他让我讲话，但他举起一根手指压着嘴唇。

"百分之九十九的情况,"在法庭中间休息时,律师对我说,"被告发言没什么用。这是已经证明的事实。"

是吗?除了相信他的话我别无他法。

在法庭上,他承认,虽然我在脸书上跟一名恐怖分子招募者有所接触,但我们谈论的不过是我的工作,我的同事,还有我的感情。没有一个字眼儿跟袭击有关。我——吉万——以为他是个友好的外国男孩。哪个女孩不愿意跟这样的男孩聊天呢?

戈宾德指出了普南杜·萨卡尔文中出现的所有错误。他纠正了我此前冲着警察扔的所谓炸弹的真正含义。他断言我在脸书上写下的文字只不过是一个年轻姑娘为了抒发自己的情感所作。他把我说成一个欠考虑又轻信的姑娘。我对此有多开心啊!

接下来他说:"至于你们经常听人提到的那个包?那个包?包里面并没有什么炸药。那就是一包书!她要把书送给住在贫民区的一个海吉拉!没错,我的当事人在做公益,她在教她居住地的一个海吉拉学英语。那位海吉拉要亲口给诸位讲讲这件事。"

我听到爱儿被叫到证人席。我的心飞扬起来,风筝上的线给解开了,经由一个充满希望的女孩之手送上天空。

爱儿来了。话筒捕捉到了她走进证人席的声音。我听到她说:"你们的证人席就只为瘦人布置还是怎么的?"

整个审判过程中,我的嘴角第一次浮现出一丝笑意。爱儿来了,带着她的声音,带着她那毫无顾忌的样子,还带着我的故事的真相。

"让我感到震惊的是,"她说的是孟加拉语,"你们所有人是怎么编造出这样的谎言的。"

"请你,"戈宾德对她说,"讲述事实。"

"好!"她说,"吉万在教我英语。过去我不会说英语,事实上,我现在还不会说英语。"

法庭里爆发出一阵笑声。

法官要求大家保持安静。

爱儿继续往下说:"但这不能怪吉万。每隔两三天,她都会带着一些旧课本来我家。我在学 abcd,然后学一些简单的单词,譬如 cat。就是这样。我学这些东西,会让我试镜的效果更好。我是——"说到这里,她害羞地咳了一下,"演员。"

法庭里又爆发出一阵笑声。

爱儿好像什么也没听到似的,认真地接着说:"我是演员,我得读剧本,得会讲流利的英语,你们明白吗?我就是这样认识了吉万,这个可爱的姑娘。她花时间教穷人东西。你们当中有多少人能做到这一点?"她追问道:"你们都是些什么人,有资格审判她吗?"

第九天，我穿的纱丽都皱皱巴巴了，色泽荡然无存。法官清了清嗓子，说的是英语。他先是大声读了对我的那些指控。

发动反政府的战争。谋杀和密谋犯罪。蓄意预谋恐怖活动。主动窝藏恐怖分子。

"我们已经为双方举行了公正的听证。"法官的眼镜架在鼻梁上，读着准备好的稿子，"被告人在火车站，手里提着一个包。被告人在一个叫作脸书的网站上跟一名众所周知的恐怖分子招募者保持着关系。被告人以前的老师给我们做证说，她在令人起疑的情况下辍学了，中断了学校教育。另一方面，我们还听了一个海吉拉的证词，此人在大街上乞讨。她说被告人教她英语。不管怎么说——"法官深深吸了一口气，我的肺里都感受到了，"显而易见，被告人一直不忠于本国价值观。被告人在互联网——脸书网站——上明确发表了反对印度政府和警察的话语。对这种不忠于国家的行为不能掉以轻心。这种行为本身就是一个有力的证据。审判这个案子也是为了宽慰这个国家及这座城市的良知。人民需要正义。"

法官继续读下去。

他们找不到恐怖分子，火车站也没有监控系统。也许恐怖分子越过了国界，真切地消失在夜幕之中。只有我，我这个傻瓜，站在这里。

法官停顿了一下，翻过一页。在这寂静的屋子里，这个声音就像鞭子的爆裂声。然后，法官给出的判决是处以死刑。

我不知道他在说什么。

我们已经转到了另一个案子吗？

我身后某个地方，有个人像动物那般痛苦地号叫起来，好似脑壳里被拧进了一个螺栓。那是我妈妈。我转过身去。我妈妈在第三排，她的肩上裹着纱丽。她站起身来，然后昏了过去。我听到整个法庭都屏住了呼吸。我妈妈倒下了，我站起身来。两个卫兵从后面跳了出来，大声喊着叫担架过来。一堆警察站在靠近我的出口处，像老鹰似的盯着我。

一个帆布担架被抬了过来，那两个卫兵一起把妈妈抬到上面——

我冲着他们喊道："你们要把她弄到哪里？"

我的律师让我坐下来。

"等一下，"我大叫道，"她过会儿就会好一些。"

"请安静。"法官喊道。

爱儿

早上,在市政水龙头那儿,我听到了这个消息。我听到有人在嘀嘀咕咕地说着"凶手",我的心在胸腔里不安地跳着。

几天前,我去了法庭。尽管阿尔琼尼·玛告诉我不要卷入到这件案子当中,我还是去了。每个人都觉得我是因为什么事而被牵连进去的,这些人当中有复印店的女店员,有咬着嘴唇看手机的律师。于是我骄傲地告诉周围的每个人,我去法庭是去做证。戈宾德就是这么跟我说的。整个过程中,我一直渴望有那么一会儿我能看到吉万,给她投去一个友好的眼神。然而,他们挂上了白帘子,我们看不到对方。电影中都没有看到过这种怪事呢。

我是真心不相信这个裁决。戈宾德一定会提出什么上诉,什么申请吧,不管怎样,他得救救吉万啊。这不就是他的工作吗?

此刻我正独自一人走向一个小小的十字路口，心不在焉地向路人乞讨几个硬币。我敲敲这辆车，敲敲那辆车。我看到车窗里的一张张面孔。后座上，有个孩子在来回扭动。两个男人坐在那儿喝着福禄提牌芒果汁。一条看起来像狼的狗也在享受着有空调的舒适之旅。他们都对我视而不见。

公众需要流血。

媒体需要死亡。

我的周围，人们说的都是这些。公众正杀死她。

有个办公室员工模样的人从我身边走过，他脚上穿着一双干干净净的皮鞋，身上的裤子熨烫得服服帖帖。我真想冲他大喊："是你这样的人杀死了她！你用双手掐死了她！"

然而，我嘴里说出来的却是："兄弟，请给点钱吧。"

不知从什么地方跑出来两个小乞丐。他们恶狠狠地瞪了我一眼，因为我占了他们的地盘。他们大喊道："谁让你来这个路口的？"

我冲着他们伸了伸舌头，然后离开了。我听到身后这两个孩子的大笑声，还有尖叫声。他们感到自己被诅咒了，或者只是在嘲弄我。

我的双脚将我带到了吉万的家，记者已经来到这里，有五十人或者一百人。他们开着大车小车，上面还有卫星天线，整个街巷都给堵住了。到处都是摄像机、闪光灯和电线。

吉万的爸爸拄着拐杖出来了,太阳光照得他直眨眼睛。我从人群后面看着这一切。

"看看,"他说,"看看我这个站都站不住的没用的男人,我救不了我的女儿啊。"

他就像一只公鸡那样脖子向前伸着:"你们还想知道什么?"

"问,"他说,"问啊!"

他的样子像个疯子。他的胳膊在颤抖。邻居卡卢站在他身旁,两个手指放在鼻子上方,眼睛疼似的。

"你们怎么不问我了?"吉万的爸爸说。

有一会儿,记者们站在那儿一声不吭。

接下来,他们的问题哗哗地倾倒出来了:"你觉得这个裁决怎么样?"

"你女儿打算上诉吗?"

"吉万妈妈身体怎么样了?"

为了引起吉万爸爸的注意力,他们喊叫着:"先生!先生!"

"往这边看!"他们喊着要给他拍照。

然后记者们就离开了,留下一堆捡的烟蒂。晚上,我拿起扫帚,把烟蒂扫进角落里。我脚下扬起一片灰尘,就像刮起了一阵暴风。

插曲

比马拉·帕尔的助理有个副业

谁还没个兼职呢？比马拉·帕尔对我不错，即便这样，我也只不过是个助理而已。我得养家，养活老婆，还有上学的几个孩子。你知道现在孩子上学得花多少钱吗？孩子们放学回到家，看上去很疲惫，他们不想每天都吃蛋炒饭。他们不想看小电视。我们都想要好东西。于是我成了掮客，不妨这么说吧。

想象一下，你的街坊邻居，原本都是好人，然而因为某个谣言突然成了一群暴徒。他们砸破你家房门，威胁你的妻子，吓坏了你那残疾的老母亲。他们还放火烧你的房子。幸运的是，他们是趁你们都不在家的时候干的。这就是他们的善意。你们跑了。你们抛下被毁坏的房屋和财产，跑了。生命变得如此宝贵，太宝贵了！几个月来，你们在难民营里生活，吃人家捐助的大米，住在铁皮房子里。

然而,有一天,政府宣布说要拆除这么丑陋的难民营。你们各拿到五十万卢比,去找个地方生活吧。你们给轰走了。

紧接着,谁来了?趁火打劫的。

这就有了掮客,有了业主,有了市政会,有了水电员,甚至有了校方人员。你的小孩以后做什么呢?难道像你一样坐在家里,长大成为文盲吗?于是他们都来了,对你说,先生,这块地皮不错,你可以买下来盖个房子。最重要的是你有了自己名下的地皮。这里会接通自来水,已经铺设好了电缆,你过来看看吧。于是你看了那块地,这片土地看起来不错,你就把自己的大部分赔偿金拿出来买了这块地。

然后有一天,所有人都不见了。一天给你打五次电话的那个掮客呢?消失了。水电员呢?消失了。

然后,你根据地产契约上的地址找到了那里,结果却令人十分惊愕:你到的这个地方跟你第一次去的不是一个地方。你从未见过这块土地!附近地区的男孩点点头,嘴里嚼着嫩枝,点点头,然后放声大笑。他们大笑的时候,你意识到,你买的是一片沼泽地。

这就是暴乱经济。在这种经济中,我是个掮客,仅此而已。

爱儿

早上,我焦躁不安,于是我就打了选角导演加加瓦拉先生的电话。手机还在充电,我低下头贴近插线板。

"你好?"他的声音传了过来。

"您好,我是爱儿。"我说,"早上好!"

加加瓦拉先生没有回话,只是在喘息。我感觉电话那端的他有些恼怒。现在我意识到,也许他老是接到这种野心勃勃的演员打来的电话,也许他们不会错过任何问候的时机,跟他道声早上好,霍利节[①]快乐,晚安,万灯节万福。

加加瓦拉先生叹了口气,说道:"你好,爱儿。"

"我的表演样片CD,"我说,"您看了吗?您觉得怎么样呢?您那儿有角色给我演吗?"

"爱儿,"他说,"请不要这样给我打电话。我正在开会,

[①] 霍利节(Holi),又称胡里节,通常在每年的2月到3月举行,是印度的阴历元旦,也是印度人一年中最重要的节日之一。"Holi"是"色彩"的意思。

我晚些时候给你电话,好吗?"

"好的,加加瓦拉先生。不过已经好几个星期了,您一直说——"

"我在开会,爱儿。"加加瓦拉先生说道,然后把电话挂了。

有个星期天下课后,我问了德布纳斯先生,嗓音里透出几分紧张:"那个角色您还为我留着吗?我按照您说的,拍了表演样片——"

德布纳斯先生坐在他惯常坐的那把椅子里。他叹了口气,我看到他的肚子在上下起伏。他把茶碟放到旁边的桌子上,手指交叉着放在胸前。整个谈话过程中,我站在他的面前,手背在后面。墙上德布纳斯先生父母的肖像正盯着我呢。这次,他们的肖像旁挂了红玫瑰花环,好像他们是爱情片的主角。

"爱儿,"德布纳斯先生开口说,"你知道要花多长时间才能拍出一部我这样的史诗级电影吗?像这样的片子,单是挑选角色可能就得要一年半载啊。你知道拍一场打斗戏得安排七十二名群众演员吗?就一场戏,七十二名群众演员。想想看吧。你还觉得拍电影是速战速决吗?"

我低着头,就像一个挨批评的孩子。

"更何况,"德布纳斯先生喃喃自语,"你还在法庭上说了那些话。"

"德布纳斯先生,"我直接问道,"我为吉万做证让您不高兴了吗?"

德布纳斯先生沉默了。

"别傻了。"过了一会儿他又说,"我脑子里考虑的并不是政治。我只是觉得,也许,在庭审之后,你已经觉得自己是个大明星了。在电视上待了两分钟,突然,你就认为自己是传奇了。你太没耐心啦。"他的浓眉挤在一起,好像地里的虫子一般,"还有你说的那些话,哎呀,报纸上说你是个没有爱国心的……我不想重复了。"

"说什么?"我追问道。

我一直觉得德布纳斯先生相信我。不过这次,我看着他那长毛的脚趾,感觉我并不真正了解他这个人,他也并不真正了解我。我要相信他的话,等着他的电影,那要等多久呢?我年少成名的机会在减少。谁也不想看到一位头发花白、皮肤松弛下垂的明星。

外面的大路上,有个磨刀人带着工具一边走,一边吆喝着:"磨刀哟!磨刀哟!"

正当我们以为供电得到了真正的改善,我们这儿不会再间歇性断电的时候,这种事情又发生了。有天晚上,灯管突然熄灭了。电视上正在播放的《花无百日红》画面一下子消失了，屏幕上只剩下一些色条在跳动。这感觉就像眼睛出了毛病似的。其实并非如此，这只是限电了。几只蚊子立马就找到我的胳膊和耳朵咬了起来。没有冰箱和电视的噪音，声音在空气中传播得很远。

就这一次，我把手机扔到了一边，因为电池没电了。

我家里连根蜡烛都没有。黑暗中，我坐在门口，往外张望。一个小时过去了，两个小时过去了。

有几个人从这里走过。我喊了一位女邻居的名字，但不是她。那人看向我，黑黢黢的面孔活像一张剪影。

现在天空比地面要亮一些。半月上面有些灰色的斑点，就像月亮脸上也长了些小包似的，我以前从未注意过。云朵就像扯出来的棉花团一样，在月亮下面飘浮，有时候将它遮住，有时候又露出来。我感到世界是如此之大，里面装满了我们的梦想和爱情故事，也装满了我们的悲伤。

我擤了擤鼻涕，站起身来走到屋里。

一个人待在屋里，我的眼泪像喷泉一样哗哗流淌下来。可怜的吉万。我的证词对她一点也没用，就像鞋子对蛇一样。

阿扎德一次都没来看我。我用围巾擦了擦眼泪。我是迫不得已的，我的心，难道他不知道吗？不是我把他推出去的，是这个社会。这个社会现在同样尖叫着要吞噬无辜的吉万的血，仅仅因为她是个可怜的穆斯林女人。

就像心跳一样，灯又亮了，电扇开始转动，我听到欢呼声响彻整个街区。电流又回来了。

我擦干眼泪，把鼻涕扔到了窗外。

只要想想，我就真心感到我和吉万都只不过是小小的虫子。我们只不过是被拔掉翅膀的蚂蚱。我们只不过是尾巴被扯断的蜥蜴。有人会相信她是无辜的吗？有人会相信我有些才华吗？

要是我想成为电影明星，没有哪位选角导演或表演老师会帮我实现。那么，我这个不会讲英语的人，这个只在德布纳斯先生家的客厅获得过表演方面的成功的人，我，爱儿，只有一腔勇气，我得靠自己去努力。即便我只是你脚底下一只被踩碎的小虫子，我也要奋力活下来。我还活着。

我的手机充了点电，我找到表演课上拍的一些练习视频，其中就有跟布里杰什搭档表演的那个超级轰动的视频，用 WhatsApp 发给了我的那些姐妹。我还附上了这样的话：请把这些视频分享给你们的朋友还有朋友的朋友。我在寻找表演角色。如果有表演机会请告诉我！

第二天，我又回归到了正常生活，我得挣钱谋生。我去了这座城市的头号旅游景点维多利亚纪念堂，这是一座白色大理石筑成的英式宫殿。蠢瓜村民们常来这个地方，特别是在今天这种凉爽多云的天气里。他们到城里观光，嘴巴总是张得老大。他们什么东西都看，购物中心啦，斑马线啦，还有穿裤子的女人啦，那眼神好像这些都是神亲手造的似的。

他们还希望得到尽可能多的祝福，于是手腕总是系着五根圣线，上臂总是系着七根圣线，鬼知道他们身上还佩戴着什么。这些穷人对好多东西都心生恐惧，其中最害怕的就是神会降给他们厄运。不过这一点我能理解，因为我就是被神诅咒得最狠的人。

不管怎么说，我走进了维多利亚花园，看见了一群群人。有一条直直的白色小道通向大宫殿，道路两旁是绿色的草坪和树木。天气凉爽的时候，草坪上满是和父母打羽毛球的孩子。情人们亲热地坐在树下，吃着甜筒冰激凌。他们都脱了鞋子，我走过草坪中心时，看到一排破裂的鞋底。我拍着手说："今天女神派我来给你们祝福。"

我祝福了一位年轻姑娘，又祝福了一个婴儿。然后有个公园巡视员用棍子敲我。

"怎么了？"我冲着他喊道，"我买票了啊。瞧瞧！"

巡视员不知道说什么好了，因为的确如此。于是他说："不能践踏草坪！"

然后，他仔细瞅了瞅我的脸。"你不是——在那场大审判中做证的不就是你吗？对不起，对不起。"他对我说。我不明白他为何对我说对不起。

有个男人把婴儿抱过来。我用一朵衰败的花蘸蘸小圣水瓶里装的水，水是从市政水龙头里接的。我拿着花儿绕婴儿的脑袋一圈，往婴儿身上滴露珠，婴儿看上去马上就要号哭起来。

突然我背后有人说话了："是你吗，爱儿？"

我转过身去，看到说话的是加加瓦拉先生。他穿着牛仔裤，一副太阳镜架在脑袋上。

"真是你！哈哈！"他说道，那幅表情就好像我在旅游景点游逛多么让人吃惊似的。

我向他问好，说你家人怎么样啊，诸如此类的客套话。

"这会儿你有空吗？"过了一会儿他说，"我想——"

我把婴儿递给那个村民。我可不想在这位选角导演面前收下不是靠表演挣来的钱，于是我说："免费为你家宝贝祝福！"

现在加加瓦拉先生与我面对着面，说道："爱儿，你瞧，我后来听说你在那场大审判中做证了。于是我看了你的胶卷。你的胶卷是——"说着他双手合十，亲了亲手指。

"我的什么？"我问道。

他接着说："然后我看到了你在 WhatsApp 上的视频。百分之百的正宗！"

"WhatsApp——"

"你表演课上的视频——"

"我练习的视频？德布纳斯先生课上的？您是怎么看到的呢？"我追问道，"只有我姐妹们看到过。"有一瞬间，那个疯狂的念头在我脑海里闪过——他是来当面笑话我的吗？他是过来亲口跟我说我的表演是 B 级的吗？

"你在开玩笑吗，爱儿？"他说，"你的姐妹们一定是分享了这个视频，因为现在 WhatsApp 上到处都是。我朋友转发给我了。好多朋友转发给我，后来我不得不对他们说：'行了，行了，我已经看到了！'不管怎么说，现如今导演们都给我打电话说：'这跟那个在审判中充满激情地做证的是同一个人吗？你能预定她吗？'因此我认为这个音乐视频，你是最合适的人选。你明天方便吗？"

摄影棚里满是体育场那种强光灯，人们拿着银箔调整投射下来的光线。我在旁边看着，这时两位主角正在一块绿幕前相拥。

"转，转，转。"导演喊道，这对人儿转啊转，"现在亲吻他的脸颊！"

那个女演员的神情就好像她情愿去亲吻大象的屁股。不过她还是按照导演的要求做了。

"过。"导演说。

然后，他们挪动灯光，用粉笔在地上标记出我应该待的位置。几分钟的布置之后，该我上场了。

我的表演只有一场，不过得重复好几次。

现在这一对已经结婚，我的祝福完成了。我抬起头来，冲着摄像机眨了一下眼睛。

我抬起头来，冲着摄像机眨了一下眼睛。

我抬起头来，冲着摄像机眨了一下眼睛。

我抬起头来，又冲着摄像机眨了一下眼睛。我感到眼睛一阵酸痛。最后导演走过来对我说："爱儿，我不管你在审判时说的话是真是假，或者是半真半假！我看重的是你身上的那份明星气质。全国人民都想看你。你会让这首歌曲名噪一时，我有这种感觉！"

中间休息的时候，我去找些吃的，看到有张桌子上摆满了海绵蛋糕和水果。我在这一堆中找棕色的蛋糕，我想吃巧克力味的。为什么不好好享受呢？我终于看到了一块巧克力蛋糕，在那一堆的最下面。这时，有位助理出现了。他用记事本拍了拍我的肩膀，说道："你的茶歇区在那边，外面！这里是 A 级演员专属区。"

我还是没搞明白这种所谓的 A 级 B 级的事。

"好的。"我说着离开了。

助理还在说："拜托！你不能带着这里的蛋糕离开。"

于是我把蛋糕放了回去。我想问一下助理他知不知道我是谁！他没看到我的视频吗？不过，到处都有人等着看我这样的人当众出丑，因此我最迫切的愿望就是不要在这么专业的环境里出丑。我去 B 级演员那里，没问题。

来到摄影棚外面的田地里,光线对我的眼睛来说太明亮了,我感觉有点头晕眼花。我在摄影棚里待得太久了,在那儿光圈之外就是黑暗一片。

有一群临时演员围着一张桌子,上面放着一台净水器。

有个女人叫道:"水怎么没了呢?再弄点水来!"

我走近了一些,听到另一个人说:"要是有人晕倒了,他们就会得到个教训。"

桌子上除了一台空空的净水器,还有一些发黑的香蕉。光是看着这些香蕉,我就感到它们在我嘴里——在我的舌头上被压碎,释放出发酵的味道,因为天太热,香蕉已经开始变烂。于是我咽下唾液,等着他们送桶水过来。

我旁边是一位打扮得漂漂亮亮的女人。我拍了一下她的胳膊,问道:"姐姐,洗手间在哪里?"

这个女人上下打量着我:"你以为你是哪门子的女王?瞧瞧这四周,都是田地和灌木丛。去那儿吧。"

从这个女人的声音里,我听出来她在影视行业已经做了好长时间了。她的声音里透出满腹经验。然而,周围都是人,怎么去灌木丛里上厕所呢?要是导演过来,我失去给他留下印象的机会可怎么办?更糟糕的是,要是导演看到我站在田地里,像个大男人那样撒尿,那又怎么办呢?

我沮丧地叹了口气。我打开 WhatsApp,想跟姐妹们说说这次拍摄有多乱糟糟。刚打开,就看到上面有四十条信息。我的手机刚才一直是静音状态。

你是超级明星！ 有位姐妹这么说。

干得漂亮！世界是你的舞台。 另一位姐妹这么说。

她们都见证了我的视频四处流传！

极好的表演效果，爱儿。这是什么？ 就连阿尔琼尼·玛都在 WhatsApp 上给我发了一条信息！她一定原谅我做证这件事了。

我又看到了我不认识的人发来的消息。

表演很棒！ 他们说，*这个表演课在哪里？太酷啦！*

回到家，我啪的一下打开电视。我出现在地方新闻频道上，我跟布里杰什搭档表演的那个视频正在一个大屏幕上播放，还有些人坐在屏幕前讨论呢。

"这多令人耳目一新啊，阿迪亚，这些来自各行各业的逐梦者聚在一起，以这种本真的方式来追求自己的梦想。"

我换了个频道。我又出现了！

"这个表演课上的业余演员视频，"有个留着胡须的男人在讲话，"已经在这座城市引起了轰动。考虑到最近这些日子里的残酷新闻，公众渴望看到让人感觉美好的镜头，渴望有人提醒我们，在这座城市里确实还有梦想和追梦人，这有什么好奇怪的吗？"

我摁下按钮，于是——

"尽管有些人称这场表演的明星爱儿是'恐怖分子同情者',还有好多人认为她只是站出来为自己认为的好心肠邻居仗义执言罢了。"

"毫无疑问,"另一个男人说,"许多人在质疑吉万审判的公正性,爱儿在法庭上的表现与此有很大关系。当然,她并非法律专家,也不是调查人员,因此是她的激情引发了关注。请不要离开,我们马上请——"

"普通人有什么渠道追逐自己的梦想呢?请告诉我,如果你没有上过精英电影学院,没有结识——"

这些人都在拿我高谈阔论!至于我是做对了还是很愚蠢,吉万是清白无辜还是罪恶满盈,他们各持己见。然而,他们都霸占着所谓的黄金时段的新闻,对我评头论足!

我正在看电视,听到有敲门声。有人从窗口窥视,说道:"是我。"

"阿尔琼尼·玛?"我问道。我马上打开房门,把扔在床上的衣服收拾起来,手掌拍打着飞进来的几只过于精明的蚊子。进到屋里,阿尔琼尼·玛并没有坐下来,而是双手放在我的脸颊上,好像我还是个孩子,同时她的眼睛瞅着正在播放的电视。

"我岁数比你大,"阿尔琼尼·玛瞅着电视说,"不是吗,爱儿?"

我看着她。

"生活中，"她说，"我已经懂得我们不能什么都拥有。譬如说，为了餐盘里的鱼，我们得在大街上牺牲尊严，我们得乞讨。为什么呢？我们要吃饭。警察找上我们了，我们只能——好了，这些不用我来告诉你吧。因此，现在对你来说是个做出牺牲的时刻，爱儿。你上了电视。你的视频很受欢迎，不要让那个罪犯，那个恐怖分子——"

我张开嘴要分辩，但阿尔琼尼·玛举起了一只手。

"让她离开你的生活。你可能很喜欢那个姑娘，但你必须做出选择：你是想在电影界冉冉升起呢，还是想让公众看到你在为恐怖分子辩护呢？别让这个案子把你拖下水了，爱儿。这是我给你的唯一建议。"

"可是有些人在说，"我对阿尔琼尼·玛说，"她的审判不公正——"

"这就是你要为之抗争的东西吗？"阿尔琼尼·玛说，"这场审判让你更加接近你的梦想，难道你不打算伸手去够够你真正想要的东西吗？你想成为明星，还是想永远做那个姑娘的辩护者？"

然后阿尔琼尼·玛走了，留下我一个人待在电视机旁。我把电视静音了，在我这个小房间里，电视机显得太过吵闹。屏幕上还在播放我的练习视频。我静静地看着，心里特别沉重。我虽然想移开视线，却坐在床垫上一动未动，脚像粘在了地板上。我从未以刚才阿尔琼尼·玛发问的角度想过那个问题，但我发现自己现在想的全是这个。

我躺在床上，闭上眼睛，感到我的心在教训我。我的心在说：这就是你，爱儿。你在一个背叛你的家庭长大，因此这对你而言不是什么新鲜事。没有你，吉万也可以往前走。事实上，我胸腔里的这颗心在提醒我，你连她的家人都不是。离开她，这个冷冰冰的胸腔说。你不是梦想成为电影明星吗？你不是梦想成名吗？

那天晚上，我在羞愧中睡去，又在羞愧中醒来，然而羞愧却没另一样东西强烈。

星期日早上！该去上表演课了。快点快点。我走在小巷里，屁股扭来扭去。我路过那家小银行，银行经理曾跟我要过出生证，以便在他家开个账户。"我跟他说：'留着你的账户吧。'"我朝身后的摄像机说着，"我跟他说：'出生证！我是公主吗？'"

走在我旁边的采访者大笑起来。她把眼角旁光滑的头发往后扒拉了一下，说道："告诉我，你是怎么开始上这个表演课的？"

"哦，"我开始说起来，"是这样的——"

这时候我们已经走到了角落里的那个番石榴摊位。通常摊主对我都是视而不见。今天他看着我，眼睛睁得老大。

"这儿，电视！"他拍着手大喊道，"过来拿个番石榴，免费！"

"兄弟，"我冲着他说，"请有点尊严。前些天你看见我就好像没看到一样，今天你倒成了我最好的朋友啦？"

采访者又大笑起来。我做的好多事都让她发笑。这很不错。为什么不笑呢？这家电视频道给我八千卢比，只要我同意他们跟着我去上表演课。还有别家电视频道也跟我打了电话，说给我钱，不过我选了这家，因为这家最受欢迎。该轮到我笑了。

在火车上，我冲着摄像头摆出好看的姿势。

"火车，"我若有所思地说道，就像大学教授讲课那样，"就像一部电影。你瞧，在火车上，我们可以观察各类行为，看到各样争论，听到各种声音。看到人们开心快乐，或者沮丧烦恼。看到他们怎么跟母亲讲话，怎么跟同车的乘客讲话，怎么跟兜售钢笔的小贩讲话。"

那位采访者看我的眼神，就好像我是国家电影奖的得主。我嘴里讲出的话多么富有智慧啊！她不停地点头，她的眼睛在发光，似乎想到了今天晚上将会有成千上万的观众观看这个节目。

表演课上，德布纳斯先生显得有些慌乱。他现在的样子像是从未见过摄像头似的。

"那个红灯是什么？"他指着主摄像头问道，手还在颤抖,"我眼睛要看那里?"

"请放松,德布纳斯先生,"那位采访者对他说,"这个课您已经教了好多年,您是专家,就当我们都不存在!"

这怎么可能呢。客厅的窗子外面,已经有一群人聚在那儿,想看看这里面在做什么。"那个表演课正在这里上呢!"大街上有人喊道。有个机灵的家伙居然伸进手来,把窗帘拨开,好看得更清楚一些。

屋子里,那个女佣看样子事先精心打扮了一番,她身穿一件闪亮的纱丽,头发上别了一朵木槿花。她还对采访者说:"女士,我一直在看你的节目!我为这个表演课做保洁,已经干了——我都说不好了——好多年了。我看到过很多东西。要是有什么节目,我随时可以上。"

那个采访者在应付她,礼貌地笑着说,好的,谢谢你。这时,布里杰什朝我走过来,嘴里嘟哝着说:"爱儿,我收——"说到这儿,他嘻嘻地傻笑起来,"我收到一个邀请,让我去拍广告!洗涤剂广告。他们在你的视频里看到了我!"

电视台的人带来了他们自己的顶灯,把这间小小的客厅搞得好像有一千个太阳在照耀,要不是一位专业化妆师给我抹了高档的粉底霜和遮瑕膏,在这强光下,我脸上的每颗粉刺和每个疤痕你都可以看到。墙上德布纳斯先生已故的双亲——请为他们祷告——好像眼睛都要鼓出来了。他们活着的时候可从来没见过如此热闹的场面啊。

有好长的时间我一直梦想自己能有机会站在真正的摄像机面前跟人对戏，而如今有三台摄像机摆在我的面前！好几个小时，电视台的人都在拍摄我们练习的场景。我们在他们面前扮演各种角色：垂死的病人，T台上的超模，给丈夫做饭的妈妈。在不同的场景里，我们上演着各种戏码，从消化不良到风流韵事，应有尽有。

最后，那个采访者让我发表看法。

"这个社会告诉我，我不能做这个梦。"我这样跟她讲，"社会上没有我这种人的空间"——我心里在想，原谅我，吉万，我必须得把你撇出去——"因为我们穷困，因为我们的英语可能说得不好。但这意味着我们就没有梦想吗？"

在这个节目里，我坦白说，有好多次，我在电影学院的门口徘徊，就是想看看它是什么样，就是想跟那些家境富有的表演系学生们所拥有的成功再靠近一些。他们有选角导演来到他们班上，而不只是选角机构和协调员。他们从导演、演员、特技演员、制片人、编舞指导那儿学习专业课程。

在某个不理智的时刻，我甚至还想，要不然我把这间租来的房子退掉？要不我就睡在火车站，把租金用来上更大一点的表演学校？

说完这些话，我大笑起来。

"哈哈哈！"我大笑着说，"你信吗？"

那个采访者眼里闪着泪花。她把手放在我冰凉的手上，就像我们是刚刚相认的姐妹一样。

就在这个晚上，这个片段刚刚通过有线电视播出十五分钟，我的WhatsApp就疯了似的响起来！

我跟姐妹们一起坐在我的房间里，嘴里嚼着油炸南瓜点心，聊着大家在真正的摄像机前的表演。库马尔控制住他那紧张的傻笑了吗？佩翁吉的人生故事让观众心动了吗？他说自己靠卖保险养活三个孩子。

亲爱的爱儿小姐，我的手机屏幕上出现了这样的字样。

我点开一条来自陌生号码的WhatsApp消息，屏幕上立刻蹦出来下面的内容：我来自索娜丽·汗电影制片公司。我们可以通个电话吗？

我一遍一遍地读着这些文字。我眼睛睁得大大的，把它拿给姐妹们看。阿尔琼尼·玛云："是那个——那个索娜丽·汗吗？"她表现得好像从未给过我任何建议一样。

是的，就是那个索娜丽·汗，她拍出了一部又一部引起轰动的电影。不管是那部在异国山区拍摄的爱情电影《永相依》，还是那部爱国主义影片《蟋蟀热》里的动作场面，全印度还有谁不知道？

我们都坐在那儿，嘴巴张得老大，眼睛盯着手机，就好像它是一块魔法石一样,这时手机突然响了。我接起电话,手机里传来一个女人的声音:"爱儿,你收到我在 WhatsApp 上给你的留言了吗?我们在考虑让你出演索娜丽·汗下部影片中的一个角色。是个不错的角色,重要角色。你下周有时间过来试镜吗?"

姐妹们都很兴奋。她们凑近手机,想听一听里面都说了些什么。大家都不再嚼油炸南瓜点心了,以免嘴巴里发出吧唧吧唧的声音。

接听电话的时候,我看着净水器,里面的水已经用了一半;看着床垫,它已经被我压得扁平;看着窗户,窗外有个女人端着一个盆,里面装满了等着清洗的脏盘子。

带着尊严和平静,我,爱儿,聆听电话里的女士向我提供实现梦想的机会。"有时间,"我跟她说,"我有时间。"

体育老师

跟比马拉·帕尔的约见花了两个星期才确定下来,而这次约见也不过是在她出行去另一个地方时和她坐在一辆车里。他们经过城中心,路上挤满了轿车和公交车。一辆自行车逆行着往前冲。路边,树干之间挂着油布,下面是临时商铺,卖些日历、糖果和手机壳。从后视镜里,体育老师看到两辆白车跟在后面。

"别问。"当体育老师问起比马拉·帕尔工作是否顺利时,后者这么回应他。洋葱的价格在飞涨,这是政府的问题。她作为反对派,至少能从中获得不少好处。

"政府没把价格调控好,"她说,"公众很不满意。新闻对地方市场进行了报道,大家都在抱怨蔬菜价格太高了。这伤害到了普通人。"

比马拉·帕尔转过脸,问体育老师他们学校前面的那条小巷最近几个月还有没有堵塞。没再出现过水淹的情况了吧?

"没有。"体育老师说。

"其实,这还提升了我的威信。"在那一瞬间的友好气氛中,他这样透露道。

比马拉·帕尔听到这话,大笑了起来。

体育老师鼓足勇气,说出了他心里一直想说的话:"夫人,我想为众福党做更多的事情。我已经准备好发挥更大的作用了。您有那么多项目,也许我可以效劳——"

他们正经过一段坑洼不平的道路,比马拉夫人把一只手放在了座位的头垫上支撑自己。透过贴着防晒膜的车窗,体育老师看到路旁的小商贩有的在炒面条,有的从大盆里盛出来印度香饭,有的把做多莎饼①的白色面糊舀出来摊到平底锅上。透过挡风玻璃,体育老师还看到不时有行人举着一只胳膊,快速穿过马路,也没有其他什么提醒。汽车发出响亮刺耳的鸣笛声,司机愤怒地拍打方向盘。

一两分钟的沉默之后,比马拉·帕尔说话了。"实际上,"她说,"你谈起这个话题挺好的。"

体育老师想象一间有皮椅子的办公室,一台属于自己的电脑,一个装有空调的房间,晚上他可以坐在里面,他可以从兼职工作做起。

比马拉·帕尔脑子里在想别的东西。体育老师跟查尔奈

---

① 多莎饼(Dosa),印度南部的一种米粉薄饼。

村里的老师们相处得不错,她这样说,她想让他在村里举行一场集会,在会上进行大力宣传,把众福党对当地学校的规划蓝图展现给那里的人们。他们需要他这样知识渊博的人出现在田地里。而他将会品尝到政治家生活的滋味。

"你觉得怎么样?"

气球砰的一声爆了。凉爽舒适的办公室的幻觉很快便烟消雾散。这无异于整天站在田地里啊。体育老师腿上的血液循环慢了下来。当然,他还是接受了这项任务。

冬天正在悄然离去,太阳的力量似乎又积蓄起来了。体育老师来到了一个叫科基尔海特的村里。村里有棵芒果树,树根犹如指关节那样紧紧抓住大地。体育老师站在这棵芒果树下的荫凉处,手里拿着话筒。两个瘦高个儿坐在树枝上,举着体育老师头顶的扩音器。

体育老师穿着洁净如新的白色衬衫和卡其裤,脖子上还戴着花环,这一切轻而易举地烘托出一个政治家的形象。体育老师开口了,脑子里回想着他昨天研究的讲话语调:"我们知道你们当地的学校已经关闭两年多了!至于师资匮乏,雨季教室漏雨,学生没有教材,这些我也全都听说了。因此我们要彻底翻新教学楼,给每门学科配备教师。我们会确保开学第一天每个孩子手里都拿到打折的教材。此外,孩子们还会享受到免费午餐!"

体育老师的声音透过扩音器在空中嗡鸣。附近杂草丛生的池塘里，鸭子惊得游到了远处。

"不要把这仅仅视为你们孩子的教育机会，这也是你们家人的就业机会！我们需要建筑工人、厨师——"

体育老师觉得自己就像个比马拉·帕尔。集会上差不多有一百多号人了，对自己站在人群前面的声音里透出的那份自信，体育老师感到又惊又喜，备受振奋。人群中大部分是男人。诚然，他们许多人是为了得到成袋的免费面粉来参加集会的。不过，他们毕竟来了。体育老师看到他们伸长脖子想看清楚他，看到这些人在听他讲话。这就是有权者的感觉吗？

接下来，人群中有个男人喊道："学校里会有穆斯林教他们的宗教吗？那样的话，我们不会把孩子们送到这个学校的！"

体育老师清了清嗓子。"嗯，"他开口了，"我尊重你的宗教。我尊重你的情感。公立学校是为所有人开放的，但我们会牢记你们社区——"

后面的人群里有些人满怀好奇，其中一些人大笑起来。笑声里带有玩笑的意味，不过体育老师没有听明白。

体育老师高声说："重要的是，在这所学校，你们的宗教会得到尊重，你们的道德会得到发扬。我向你们保证！下届选举请投众福党的票！"

体育老师取下话筒，递给了一个正要捆扎电缆的男孩。树枝上面的那两个男人把扩音器扔给下面正在等待的同伴，然后跳到地上，脚下扬起一片尘土。他们拍拍手掌，把手心的细碎木片拍掉。

就在这时，人群中间有个年轻人大喊起来。"有头圣母牛给宰掉了。是的，"他接着说道，周围是一阵令人震惊的沉默，"在我们村里宰掉的！"

本来要走开的人停下脚步，转向这个说话的年轻人，后者身边很快围了一圈人。他接着说："我们该怎么办？我们难道还站在这儿听什么建学校的演讲吗？我们还是男人吗？"

体育老师举起胳膊。"请冷静，兄弟，"他喊道，"你最好别传播谣言啊。"

人群开始骚动。人们大喊道："是谁啊？是谁啊？"

"谁宰掉了母牛？"

"谁家的母牛？"

体育老师从他站着的地方喊起来："请冷静，你们村的村长会去调查——"

没人听他讲话了。体育老师听到有些名字在空气中飘荡，那些吃牛肉的人的名字。

体育老师又大声喊起来："要下雨了。请保持平静和——"

然而，人群在吼叫，在笨拙地朝前移动，就像长着好多

. 233 .

腿脚的猛兽发现了自己的凶猛残暴。这群人步伐一致地朝那个穆斯林村民居住的地方走去。

体育老师跟着人群向前走。就在几分钟前，他已经完全掌控了这些人，用关于学校的话语激励他们。而此刻，他们沿着愈发狭窄的街巷，快步向前。他们走过那些正在洗澡的孩子时，孩子抬头望过来，脸上满是肥皂泡。爸爸妈妈出来了，一把抓起孩子，把他们拽到里面，不管他们嗷嗷哭叫。

"停下来，"体育老师喊道，"听着！众福党不会满意你们这种做法的。难道你们不想要学校——"

体育老师不敢相信自己的眼睛，他的心脏跳得太快。开车送他过来的司机面无表情，站在他的身旁。体育老师眼看着这群人找到了那家，眼看着这些人咔嗒咔嗒晃动门锁链，然后把薄薄的门板踹开了。

插曲
村民们去找吃牛肉的人

杀了他,那个穆斯林,他吃了牛肉。

我们准备了匕首和自制枪支,代表正义之神的力量到了那个人的家。他家的门让我们有些吃惊,就是一根锁链把两块破烂木板拴了起来。我们抓起锁链,手指上留下铁的味道。

不,让我们吃惊的并非这根锁链本身,而是我们想起来以前曾经抓起过这个锁链摇晃,毫无冒犯之意。"兄弟,借一下你的梯子?"我们此前这样问过他。

你看,他是我们的街坊。体面人,确定无疑。他的胡子像一片云一样垂落到胸膛那儿,我们的儿子都怕他,因为他看到孩子总是考他们数学题。"八乘以五等于几?"他问他们,"四十九的平方根是多少?"

他们说他从前是个教师,然而这又有什么用?我们过去都曾经是个什么人物。

此刻,在我们非常熟悉的这扇门后面,房子的静寂让我们一时感觉这一切都极不真实。这让我们异常愤怒。天气那么炎热,我们的肚子瘪瘪的,我们很不开心。我们神圣的母牛被无情地屠杀,我们怎么可能开心呢?不要忘记!母牛为我们提供牛奶(哦没错),在我们曾祖父母的土地上耕耘(没错),载着我们的女神到了她天上的家(哦没错),可这样的母牛却被这个穆斯林像一只普通的害虫那样杀戮。我们能做些什么?我们必须做些什么?

在这扇门后的那间屋子里,是他的三个女儿,年龄太小了,没什么用处。我们把她们砍死了,就像她们的父亲砍死我们神圣的母牛那样。我们这些人,是这个国家真正的人民,是奔涌而来的净化之水,我们的胳膊和腿上满是肌肉,它们抓斗着、挥舞着。那个男人的妻子试图抵抗,我们的拳头紧紧掐住她的咽喉时,无比坚定。我们扯开她的双腿时,无比坚定。

——太丑了!开始时我们这么想。

——啊哈,也不算太丑。我们后来发现。

我们砸碎墙上的褪色相框,我们使劲摇晃壁橱,直到几只金手镯掉出来。我们急切地扑向金子,就好像看到了沙漠里的甘露。

角落里放着一块卷起来的地毯,这家人平时在这块毯子上祷告。我们冲着毯子撒尿，哈哈大笑。从屋顶上拽下来一个吓瘫了的男人，这就是我们要找的那个穆斯林。他嘴唇动了动，但他的假牙已经拿掉了，他脸颊凹陷，哀求着，话却没有讲出来。他双手合起来祷告。我们说："你现在倒学会怎么祷告了？"

这人眼睁睁看着妻子的双腿被这个国家真正的男人张开。我们还没杀死他，他脸上的那种表情，就像是已经死了。

最后，我们重重地踩他的头颅，他的脑浆溅洒在地板上。就得好好教训他一顿，让他明白宰掉我们热爱和尊敬的神圣母牛会有什么下场。

后来我们的人打开那个小冰柜，从里面扯出来一只鸡，说道："牛肉在哪里呢？"

体育老师

那天晚上,体育老师躺在床上,一只胳膊搁在头上,妻子在他旁边打着呼噜。他看着驶过窗前的车灯投在天花板上的光影。恍惚之中,他明白了一点:他的政治生涯结束了。此前他的脑海里从未有过这么宏大的表述:政治生涯。而如今,在濒临失去这个东西的时候,他知道它已经近在咫尺了。

他今天亲眼目睹了什么?天花板上的扇叶在转动,他知道自己看到了什么,但他拒绝让自己知道。他把毯子拉到下巴那儿,用暖和的布料盖住耳朵。他知道自己看到了什么,而且在看的过程中没动一根手指头。他纵容了这种行为,他跟凶手并无二致。他翻来覆去,想找个舒适的姿势,弄得他妻子睡眼蒙眬地斥责他。后来,他就平躺着,像一具尸体一样一动不动。

早上,体育老师的眼睛糊着眼屎,又干又疼,他受不了刮胡子，受不了直视镜中自己那张脸。这是张什么样的脸？是他的脸吗？他准备把发生的一切都告诉比马拉·帕尔，然后主动退出众福党党籍。也许她的仁慈会让他免遭牢狱之灾，也许不会。大屠杀就在他眼前发生，甚至可能就始于他那些关于宗教的话。

天空中太阳升得更高了，不知怎么的，却没照在他身上。体育老师洗了个澡，简单吃了点燕麦片当早餐。他穿上衬衫，系上领带，站在家门口，准备出发。

体育老师出现在比马拉·帕尔家门口的时候，后者正在客厅里走来走去，手里的电话贴在耳边。比马拉·帕尔身披一件米黄色披肩，来回走动的时候，披肩褶边呼呼地拍打个不停。她冲着体育老师打了个手势，示意他坐下，然后就消失在办公室里。

体育老师坐在沙发边上。他感到头有点晕，就把头低垂在两膝之间。一位助理关切地给他端来凉水，他咕嘟咕嘟灌下了一杯水，接着又是一杯。

比马拉·帕尔出来了，问道："你的集会怎么样啊？"

看到体育老师满脸是汗，比马拉·帕尔说："你没事吧？要不要来点水喝？"

体育老师摇了摇头。

"我喝过水了。"他回答道。这句话从他干燥的嘴巴里冒出来。一声尖锐的哀鸣在他耳朵里萦绕。体育老师跟着比马拉·帕尔来到她的办公室,感觉自己的两条腿突然都不会走路了。

"实际上,"他们一走进办公室,关上房门,体育老师就开口了,"昨天的集会……"

"你脸色很难看啊,"比马拉·帕尔观察着他的脸说,"我让拉朱给你叫辆出租车——"

"不用。"体育老师打断比马拉·帕尔的话,他现在还不能离开这里,"村子里发生了件事。"

体育老师把一切都跟比马拉·帕尔讲了。他的舌头自行组织出语言来,但他的脉搏跳得太快,他几乎听不到自己讲话的声音。讲完后,两人坐在那儿,沉默不语。有只乌鸦飞落到窗外,尖利地啼叫起来。透过关闭的玻璃窗,体育老师可以看到乌鸦的轮廓。

有好一会儿,比马拉·帕尔也一言不发地盯着窗外的乌鸦。

体育老师等着比马拉·帕尔跟他说他可以走了,再也不要跟党有任何联系。他将回归自己的教师生活。这是他从前的生活,没有什么不能接受的。

接下来,比马拉·帕尔抬起头来,冲着体育老师笑了笑。"吃块饼干吧。"说着,她把打开的一袋饼干往他跟前推了推,"你知道,一个男人死了,这令人悲伤,孩子们也特别让人悲伤。我看得出来你非常不安,我能理解。但你碰过他们吗?你本人对他们有什么伤害吗?"

体育老师意识到比马拉·帕尔在等着他的回应,于是他摇了摇头。

"那你为什么,"比马拉·帕尔说,"要把这样的重负放在自己的肩头呢?"

比马拉·帕尔说完,体育老师把每个字都放在脑海里琢磨了一下。她能原谅自己吗?

"没什么需要原谅的。"比马拉·帕尔说,"在政治上,有时候你感觉自己要对所有的事情和所有的人负责。但是,我们只能引导他们,激励他们。说到底,他们是我们的傀儡吗?不是。那么,要是他们举起手来,要是他们决定殴打人,要是他们感觉愤怒,我们又能做什么呢?"

体育老师不喜欢这种解释。但同时,他拼命想伸手抓住这个自屠杀以来他感觉到的唯一解脱。比马拉·帕尔看样子并没有生气,她看来甚至都不感到惊讶。

看着比马拉·帕尔满脸和蔼可亲的表情,看着她双手握着放在面前的桌子上,看着她眼角有些皱纹的友好双眸,体育老师感到她拯救了自己。从什么中拯救了他,体育老师不愿再想。没错,她拯救了自己。

比马拉·帕尔接下来说的话,让体育老师彻底明白了,原来她早已洞悉一切。

要是有人问起来,比马拉·帕尔对体育老师说,他就说那个男人住的砖头房不结实,结果坍塌了。房子是自己坍塌的。体育老师是怎么知道的?他正在附近召集一个集会。房子确实坍塌了,这是真的——众福党用榔头斧子毁坏了房子。房子确实砸到了一个男人,他死了,这是真的。

所有这一切都是真的,比马拉·帕尔提醒他,脸上带着温和的笑容。

后来,体育老师走在马路上,感到众福党那庇护的翅膀在为他遮风挡雨。他张开嘴巴,大口大口呼吸着空气,一个乞丐奇怪地看着他。那个穆斯林男人的家给毁了,谁也不否认这一点,但他,体育老师本人,什么事都没有。也许这就是可以被挽回的全部。

回到家里,体育老师待在电视机前,他向学校请了一天病假。他的眼睛盯着屏幕,他的思绪却在流转。黄昏降临了,天色已透出渐暗的迹象,这时体育老师昏沉沉地睡过去了。他躺在床上沉睡,一直到第二天早上,连上班都迟到了。

有好些天,这件事一直困扰着体育老师。他妻子看到他这个样子,刻薄地说:"你这是爱上了学校的哪个老师还是怎么的?这些天你心不在焉的。"

体育老师多想把这件事告诉妻子啊。有天晚上,他爬到床上,躺在妻子旁边,把被罩里面卷起来的棉花团给捋顺了，这样他手上好有点事做。过了好一会儿，体育老师说："你在听吗？"

他妻子正在看手机上的一个烹饪视频。听到他的话，妻子一下子跳了起来，然后大笑道："我在看这个意大利面呢，四种不同的奶酪。瞧，我看得太入迷了，忘了你——"

体育老师努力要挤出一丝笑容，虽然很尽力，却没有做到。

"谁死了？"他妻子逗乐道，"你总是梦到的那位老师吗？"

体育老师低头看着自己的大腿。他要是看着妻子的眼睛，也许他会哭出来。他可是个成年男人。

"出事了，"他说，"可怕的事。"

这话让妻子一下子全神贯注了。她把手机扔到枕边。

她握住体育老师的手，他开始讲了。他把发生的一切都告诉了妻子。

吉万

法院裁决后，我被重新关押进监狱，墙壁比之前的还要坚固。阿美里坎迪看着我回到我的睡垫上。她看着我脱下那件蓝色纱丽，我妈妈的纱丽，上面的馈赠记忆已经消失殆尽了。她看着我躺下来，我脑海里的风暴如此黑暗，因此我的眼神里已看不到任何光芒。她嘴巴张着，在嚼爆米花。她把没爆开的玉米芯吐在屋角，留给我之后打扫。

然后来了一个瘦巴巴的年轻女子，开始给阿美里坎迪做足底按摩。她那柔软的手臂握着那双散发臭味的脚掌，嘴里还喊着她阿姨。我此前没见过这个女人，她是新来的。我躺着看着这一切，稻草编织的垫子硌着我的膝盖和手掌。我的心发出尖叫，然后平静下来，周而复始。

阿美里坎迪坐在垫子上，身子后倾，脖子靠着墙。她什么都没问。她已经知道了，或者她根本不关心。

阿美里坎迪闭着眼睛说："哦，就这样。"在给她做足底按摩时,这个新来的囚犯整个身体都在晃动。

"现在跟我走。"一天吃过早饭后,乌玛夫人说。她是有备而来。一个男看守走过来,拽住我的一只胳膊。

"去哪儿?"我问道,挣扎着要摆脱他。他松开了我。"住手!我要跟戈宾德谈谈上诉的事。"

"你自己走,不然他就拽着你走。"乌玛夫人回应道。

回到牢房,我收起我的睡垫和另一件夏瓦尔克米兹,穿上我的橡胶拖鞋,然后环顾四周,看看还有什么属于我的东西。没有了。

乌玛夫人把我脖子上系的杜帕塔扯了下来。我伸手去抓,她啧啧地咂巴着舌头。

"矜持对你来说还有什么用啊?"她说。

我们沿着走廊往前走,我们三个人。有几个女囚从牢房里抬头看。走廊里特别阴暗,她们只不过是一点动静,一个形状,一缕气味,一声打嗝。乌玛夫人也许感觉到了我很恐惧,于是就跟我解释起来。"你去的地方不能戴围巾。这是不允许的。要是你想上吊自杀,那该怎么办?从前发生过这样的事。"她停顿了一下,接着说,"没人会来看你,你不用担心自己看起来漂不漂亮。"

来到走廊的尽头,乌玛夫人打开一扇门,这扇门通向一个我从未见过的楼梯。尽管天气干燥,阳光明媚,最上面的台阶上却有一汪水洼。

"下去。"她说。

看到我没动,她坚持说:"下去!不要表现得那么害怕,下面没有关老虎。"

我走下楼梯,我的拖鞋拍打着台阶。我的手触摸到墙壁,感到又凉又湿。在下一层,还有一条走廊,就像上面那条走廊的影子。这条走廊看起来好几个月都无人涉足。一只蝙蝠在天花板附近拍打着翅膀飞来飞去,有点惊慌失措的样子。它不晓得该怎么从这个地方飞出去。

乌玛夫人朝上面望去,她迟钝的双眼赶不上那只蝙蝠。"问题就在这儿,"她对紧跟在我们后面的那位男看守说,"你看见了没?我跟他们说了把她关在楼上,要不然我还得跑上跑下,跑下跑上。我都这把年纪了,膝盖受得了吗?"

那个看守盯着自己的脚,干笑了一声。我看得出来,他笑的并不是乌玛夫人的膝盖,而是在笑别的什么。

接下来,乌玛夫人打开一间插着门闩的房间。那个看守一直跟在我的身后,这时候后退了一步。

这个地方是关押死囚的特殊牢房,一间地下的房间,专供那些即将化为尘土的人使用。

然而,他们在杀我之前是不能杀我的。

我的裁决是由最高法院下达的,因此我只剩下一次赦免申请的机会。在这件事上,我也需要戈宾德帮帮我。我没有时间自己去研究那些法律条文。

然而,有些日子,我感到时间是我拥有的唯一东西。这个地方太阳根本照不进来,即便在最炎热的天气,这里也很阴凉。我蜷缩在垫子上,光着胳膊,冻得就像被拔光了毛的鸡。在一个角落里,一堵矮墙把我这个房间跟厕所隔开了。所谓厕所,就是在地上挖了个坑洞,黑黢黢的蟑螂从里面爬出来,蟑螂的须在颤动。第一次看到蟑螂时,我用拖鞋使劲地拍它。

如今我用手弹蟑螂,一只接一只。这是个克朗棋游戏。更好玩的是,棋子们给打进下水道里,又爬回来再玩一轮。

夜幕降临得很早,而且毫无尽头。待我确定太阳永远不会再露脸,我就躺在垫子上,梦想出一条地道,是我用指甲刮擦出来的地道。它会引着我到一个离这儿很远的村庄,在那里我可以无拘无束。

体育老师

几星期后,在一家电器店里,有位衣领上挂着挂绳的员工把一个大箱子放在了地上。体育老师和妻子满怀期待地看着这个箱子。他们周围是满墙的电视机,正在播放足球赛。在旁边区域,顾客们站在一排排冰箱前面,若有所思的样子。体育老师的妻子对双门冰箱大为赞叹,这种冰箱可以制作并存放冰块,而且还装有传感器,要是冰箱门没关好,它就会自动报警。

"技术,"体育老师对妻子说,"在不断进步。"

"现在对筒状泥炉的需求比较低,"销售员正在解释,"它是专用烤箱,是为用心的厨师设计的,所以我们的存货只有一个品牌,顶级品牌。"

体育老师的妻子瞧着那个箱子,脸上浮起笑容,露出亮晶晶的牙齿。她发辫上还抹了油,她像个小孩子似的双手摆弄着细细的发梢。

"这款配有一个铝制盘和钢化前玻璃窗。"这个年轻的销售员接着讲,边说边把箱子上的泡沫和塑料扯下来,"无比现代的外观。现在有活动,购买这款商品的顾客将免费获得串肉扦!最棒的是它的节能型电力消耗,先生,您的账单一点不会增加!"

外包装拆掉后,地上出现了一台低矮的黑色立方体。

"夫人,"销售员一只手把挂绳吊牌举在胸前,接着往下讲,"我跟您讲,这个品牌的最大优点就是做饭快极了!要是您用普通烤箱烤鸡肉串,可能得要差不多一个小时。而用这个,十五到二十分钟就烤好了,而且是完全地道的泥炉烤箱烤出来的味道!"

"嗯,"体育老师的妻子说,"那比萨呢?"

"比萨做得就像外国的,夫人,您会觉得自己在伦敦——"

"这些都没问题,"体育老师打断销售员的话,"不过还是跟我们来点实打实的,这个卖多少钱?"

销售员大笑起来:"先生,您要是吃到了这个筒状泥炉烤出来的五星级美食,您就会明白其实您在省钱。您最爱的餐厅就在家里!"

体育老师等待着。他妻子等待着。在他们看不到的某个区域,有个销售员在演示扩音器的功能,低沉的声音在他们的骨头里嗡响。

"那好,"那位销售员拿出计算器,说道,"我们看一下。

这款价格是五千七百卢比。"

"怎么这么贵啊？"体育老师说，"我们刚看过网上销售的其他款式，最多也就四千。"

"网店，"那位员工说，"会给您送一台零件坏的或者有毛病的二手机。我们从顾客那儿听来的各种故事，您二位恐怕也不想听。我们这儿有三年的保修期。先生，我叫阿南特，随时给我打电话，我一周上六天班。"

体育老师妻子转向他。"这个牌子不错，"她小声说，"一流品牌。电视里也用这个。别那么小气。"

那个员工恭恭敬敬地站着，跟他们保持一定的距离，眼睛盯着手机。

"我们要是买，"体育老师妻子说，"就买最好的。特别是现在你挣双份收入……"她笑着。

"没挣双份。"体育老师分辩道。

"差不多是双份吧。难道众福党不是在给你——"

"嘘！"体育老师说。他的声音里透出一丝怒气。他咽下这口怒气。他的嘴巴干燥，然后——他感到嘴巴里满是唾液，就像那天看到吃牛肉者被杀一样。除了他妻子，还有比马拉·帕尔和众福党内几个可以信赖的党员之外，没人知道这件事。

"冷静。"体育老师妻子说，"压力太大对你的健康不好。不管怎么说，你现在是真正的众福党党员了。这难道不是你一直想要的吗？难道你不感到骄傲吗？"

体育老师注意到妻子的话里既有奖赏，又有惩戒。不过她温柔地触碰着他的胳膊，妻子的存在让体育老师镇定了些许。他们买了那个筒状泥炉。付款时给的是一沓现金，体育老师感觉自己很有钱。他这么随意就决定要买这个筒状泥炉，而且是立马就付了全款，体育老师觉得自己很有权力。按月分期付款是针对普通人的。他？他已经高升了。

由于体育老师对众福党的贡献，他现在得到相应的薪水作为回报。到了晚上和周末，体育老师都会奔赴本邦的各个地区，为教师、学生和家长做活动。在绍迦鲁拉姆，体育老师看到他的面孔出现在旗帜上，而且用孟加拉语写着：欢迎我村校长光临！

"我升职了。"他跟司机开玩笑说。

后视镜里司机冲他笑了笑："对于农村人来说，您的来访也许是本月最大的事件！"

在每所学校，学生们都用扫帚把院子扫得干干净净。新栽的小树苗在树篱围栏的保护下茁壮成长。体育老师跟大家握手致意，走在推推搡搡的人群中，然后挤出人群进入教学楼。他所到之处，热闹的场景没有两样。大约五十位教师和家长挤进了楼里面，还有几十人在外面等着。体育老师现在明白了，那些人总是沉默不语，活动就是这样开始的。到最后，那些人也是会出声的，当村里飞扬的尘土让体育老师咳嗽起来，他慢慢变得更像人而非神的时候。

"众福党正在启动，"体育老师对着扩音器说道，他的声音在空气中回响，"女学生的奖学金项目。在即将到来的下届选举中，请记着把你的票投给比马拉·帕尔和众福党。"

在一所学校，恰逢停电了，于是一台噪音很大的发电机提供便携式光源。长着翅膀的飞虫嗡嗡叫着，撞到灯上。一只小蛤蟆跳到了教学楼里，老师让一个学生捡起来放到外面去。

演讲过后，聚集在那儿的人跟体育老师发牢骚。一群牙缝很大的妈妈，还有眉头紧锁的爸爸，都是满腹埋怨：老师们不愿意来教书。要是没有老师，那要奖学金有啥用呢，要教学楼有啥用呢？

老师们接着也发牢骚。他们嘴里叼着烟，为自己辩解说他们不能按时拿到工资。理应按月发放的工资往往要两个月才到手，有时候还是三个月。这让他们拿什么养家糊口呢？

年轻老师也争辩道，他们的晋升呢？他们要涨的工资呢？他们发现这个教书工作毫无前途。

"你们的工作是为了营造国家的未来！"体育老师说，"难道这不高尚吗？"

体育老师快要离开了，那些刚才一直发牢骚和争辩的老师，无论之前吵得有多么激烈，现在都给他鼓起掌来。体育老师面带笑容，欣然地接受了这阵喧闹的掌声。这些人是在为了什么东西鼓掌呢？体育老师并不知道，然而他对此已经习以为常。人们叫嚷着要见他，听他讲话，老奶奶抓着他的手，花环和赞美话，还有祈祷词，所有这一切都指向他，人们都把他视为神灵。在这其中，谁还找不到点让人兴奋的东西呢？

次日晚上，要在比马拉·帕尔家召开一次重要会议。体育老师动身的时候，他妻子称赞了他那身传统服装，还有脚上那双锃亮的鞋子。"你看起来有点政治家的样子啦！"她这样评论道。

"是吗？"体育老师说。

这话让体育老师颇为开心，尽管这只是个微不足道的奖赏。他那么多天在法庭上捏造事实是为了什么？他承受吃牛肉者的鬼魂是为了什么？那个男人总是在睡前时分求饶。他独自一人的时候，脑海里就是这个鬼魂在哭泣；他等着女学生来到田地的时候，就是这个鬼魂在恳求。

随着邦选举的临近，众福党加紧了竞选活动，要重新夺回邦立法院。这么长时间以来，他们都是反对党，现在正是他们组建下一届政府的机会。

在这次会议上，比马拉·帕尔希望听到他们在教育领域的纲领是什么样的。最近几个月来,他们与选民中的老师和家长联系密切,他们了解到了什么?

体育老师清了清嗓子。他突然对自己所有的实地考察满怀感激。"再来杯茶。"房间的另一头,有人对走到他跟前的茶童低声说。谁知道这个男孩从这当中得到了什么好处?谁知道他上不上学?

与会党员都在盯着体育老师看,在一片沉默之中,体育老师回想起了所有老师的牢骚,它们简直就是宝库。他密切关注公共舆论的动向,听到了民众不加掩饰的声音。此刻这间房子里没有比体育老师更懂的人了。体育老师用一种看似不经意的严肃,给房间里的各位讲述了他的所见所闻。他提出建议:"全邦最大的教育问题跟教学大纲和供给没有多大关系,而是跟人有关系。投票的是人,而不是教材。"

听到这里,桌旁几位年纪大些的轻声笑了起来。历史上,教育战略主要关注教学大纲,修改教学大纲以讲授为执政党服务的历史。

"先别管教学大纲了。"体育老师接着说,"首先,教师的工资应该在月初的前三天发放,一次不落。工资问题是我听到最多的抱怨。老师们不能按时拿到工资,他们就无心教书了,他们就不去学校上班,然后学生们就不去上学了。这是一个我们可以讨论并做出的改变,实实在在的改变。我认为这样能把老师们的选票争取到我们这边。"

比马拉·帕尔听着。她的脑子里不仅装着学校的事，还装着邦北部的洪水和冲毁的庄稼，还有滞留的村民们。她脑子里装着连接邦和首都的那些新火车、矿山的安全，以及不同种姓和部落的配额。她脑子里装着城市的美化、路边花草的种植，以及公园里树木的定期浇灌。城市的选民不能被忽略。第二天就有一个活动，她要给城里得高分的学生奖励笔记本电脑。

"这可能会有用。"一位年长者看着体育老师说，"马丹对教学大纲的要求简直要人命。因此这倒是一个新思路。"

当今教育部长马丹·乔杜里就是在本邦教学大纲中加入更多爱国主义内容的幕后推手。

"说真的，我明白他的观点。"另一人打断了他的话，"什么海明威是谁啊？斯坦贝克又是谁啊？马丹正在推动把更多的孟加拉原创文学纳入到教学大纲里，我们必须继续这一举措。"

体育老师感到自己浑身充满活力。让这些老家伙尽力挑战他吧。就让他们这么做吧。难道他不是一直在做教师吗？难道他不知道学校的真实生活是什么样的吗？他知道，要比这些职业官僚知道的还要多，后者从一九六二年起就没了解过学校的内情！

体育老师接着说："恕我直言，我们必须先考虑人，然后再考虑意识形态。我们是通过人来传播意识形态的，而不是通过忽略他们。"

有些人扬起眉毛,脸上显出欣赏的神色。比马拉·帕尔看着体育老师,脸上隐约有点笑意。

"原来你是个,"她说,"颇有说服力的演说家啊!"

"他毕竟是个老师嘛。"有个人说,"他怎么可能没有权威的那一面呢?"

火车上,体育老师头仰得高高的。在他家附近,一个乞儿坐在人行道上,扬着脸,眼睛空洞无神。体育老师掏出一个五卢比的硬币给了这个孩子。

这一切是怎么回事呢?他学校的同事,就是那些老师,那些女士,每天关心的都是演艺界的八卦和食谱配方,还有丈夫孩子什么的——她们的生活一如既往,在政治潮流的水位之上。然而,在村子里,其他老师看着他,脸上既有希望,又带着绝望。他们的眼神中透出一种信息:他是个能做点事的人。那么,体育老师心中想到,也许他能。

体育老师把辞职信递给了校长。这时已是入夏时节,路边的树木干燥,树叶上布满灰尘。校长撕开信封,瞄了一眼,开玩笑地说:"你现在是个有权势的人啦,待在我们这个小学校还有什么用呢?"

体育老师牙齿咬着舌头,以示谦逊。

接下来,体育老师跟校长说选举活动繁忙,婉言谢绝了告别晚会，经校长同意跳过了三周的离职期，就先告退了。他自由了。体育老师不再是体育老师了。想到这里，体育老师心里有点忧伤。那些叛逆的傻乎乎的女学生毕竟还是孩子嘛。体育老师走在小巷里，回头又看了一眼教学楼。那些插上闩的窗子里面，露出了梳着马尾辫的脑袋。体育老师感到一股对自己从前生活的强烈的怀旧情愫，不过一刹那间，这种感觉便消失得毫无影踪。

第二天，体育老师去了比马拉·帕尔家，客厅里堆着乱作一团的电缆和充电器。每个空位上都坐着年轻的男男女女，屏幕泛出的蓝光映照在他们脸上。体育老师注意到这是竞选运动的社交媒体团队，他们给体育老师留下了深刻印象。

在城里另一个地方的一间办公室里，有家视频制作公司每周在油管上发布一些短片，彰显众福党的种种举措是如何给普通人的生活带来积极影响的。这些短片在十字路口的LED广告牌上播放，在穿过村庄的小型卡车的移动屏幕上播放。脸书上，这些短片还有了成千上万的浏览量。

体育老师的工作在现场。每天都有人开着党的苏摩越野车送他到全邦的各个村镇，他的足迹遍布了全邦的十九个区，然后再从头来一遍。他乘坐的车辆疾速驶过油布遮盖的菜市场，穿过绿色的山丘，越过裸露的岩石，穿行在已经干涸的小溪上，小溪底部的沙子裸露在外。他冲着那些好奇地拍打着有色车窗的人微笑，走下车来跟坐在门廊上的村里老者打招呼，由于常年在日头下干活，这些人脸上满是皱纹。他站在树枝间悬挂的欢迎横幅下，挥舞着手，发表演讲。

体育老师会见教师及教师工会成员。他喝了数不清的茶水，笑得脸颊生疼。

"我放弃了自己的工作来代表你们各位，"体育老师每次都是这样的开场白，"之前我跟你们一样，也是老师！"

体育老师站在舞台上，眼睛不时地寻觅闪闪发亮的匕首或者高高举在空中的武器。

从社交媒体团队的那些年轻人那儿，比马拉·帕尔听说了推特和脸书上出现的表达愤怒的消息。这些年轻人总是手机不离手。他们来了，笔记本电脑和手机就叮叮当当地响了起来，屏幕上充斥着谜一般的字符和各种表情符号组成的抱怨。

为啥吉万还能申请赦免啊？赦免啥？？

正义，现在就要！！！别忘了那一百多个死去的无辜者！！！

这个案子要拖个十年八年，除了把我们这些纳税人的钱用光，其他什么也得不到。

赦免申请在走程序的时候，凭啥我们要为恐怖分子买单,让她在牢房里吃好睡好休息好?你要是政府,你咋处理啊?

无穷无尽的抱怨。

竞选日是全邦的假日,那天体育老师凌晨四点就醒了。一种奇怪的疲惫感向他袭来,是摸黑起床然后打开人造光的那种疲惫,体育老师感到身体变得极为迟钝,四肢动作迟缓。天色渐渐发亮,于是他去浴室洗澡,冷水顺着他的后背流淌到地板上。

很快,有辆车来接体育老师前去投票。他的——也是比马拉·帕尔的——投票站设在当地一所学校里,为此全校学生当天就不上学了。平日里,学生们从冷却器里接水喝,在这里逗留玩耍,午餐的碎屑掉落一地。现在这个地方停放着运送发电机的卡车,还有十几台电视摄像机。记者们端着纸杯喝雀巢咖啡,是从一个提着热水壶四处走动的小贩那里买的。在他们上方,插着闩的窗子遮掩住了教室的寂静,里面的课桌上刻着少年懵懂的爱和躁动。

选民已经排成长队了,他们当中有穿着亮片拖鞋的家庭主妇,有纱丽外披着薄薄披肩的女佣,还有眼里布满红丝的男人,大概是喝酒了的缘故。有个女人给一条流浪狗投去一块饼干,她身后的人们漫不经心地看着。

比马拉·帕尔和体育老师刚从素雅的白色大使牌轿车里

走下来，记者们就蜂拥而上。他们推推搡搡，把麦克风或微型录音机塞到两人面前。体育老师站在比马拉·帕尔身旁，双手合十，低头致意。在这个姿势表现出来的深深谦逊中，体育老师感觉到一阵电流穿过全身。他离权力有多近啊。他会出现在全邦每家每户的电视屏幕上，这是最起码的。

教学楼里面的礼堂中，放着一张四周挂了帘子的桌子。比马拉·帕尔也像其他选民一样把票投进了摆放在桌子上面的机器里。她重新出现的时候，食指沾上了不褪色墨印，蹭在了指甲边缘和皮肤上。

第二天，选举结果快出来的时候，比马拉·帕尔的屋里人满为患，其中有政治家，有办事员，有助理，有工会领袖，甚至还有一两位心不在焉的名流。屋角放了一台电视机，开的音量很大，人们谈话得大喊着说，才能盖过电视的声音让对方听到。有人从门口进来，提进来一袋卡乔里炸面团和一盒阿卢尔多姆咖喱土豆。

电话铃响了，屋子里瞬间静了下来。比马拉·帕尔走进办公室，把电话放在耳边。

"遥控器在哪里？"有人喊道，"把电视音量调小些。"

体育老师在屋里踱步，不自然地冲着聚在那儿的人微笑。他的脑海里是一连串的担忧：要是众福党竞选失败了怎么办？要是他辞职得过早怎么办？一个年长者对他说：

"平静下来，别搞得那么紧张，这对你那颗年轻的心脏没有好处。"

他接着说："我装心脏起搏器还不到六个月。"他指着左锁骨下面的一处。

"我不担心，"体育老师对他撒谎，"您怎么不坐下呢，先生，我给您找把椅子……"

比马拉·帕尔从办公室里走了出来，手里拿着电话，脸上浮现出狡黠的笑容。前面的那些人开始大喊，屋子里扬起了胜利的欢呼声。人们围在比马拉·帕尔周围，她大笑起来。她的助理调皮地把她的胳膊举起来，就像她是拳击冠军一样。

"我们赢了吗？"体育老师问道，有点不大相信的样子，"他们宣布了吗？"

众福党获得了立法议会的多数席位。比马拉·帕尔作为该党的领袖，现在已经成为本邦的首席部长。

"准备好，"那个装有心脏起搏器的男子说，"真正的工作要开始了。"

体育老师严肃地点点头，好像他知道即将到来的是什么。

成箱的糖果马上拿了出来，在人们手中传开。有人把糖果给拥挤在外面巷子里的记者送过去，聚在那儿的媒体人士当中发出一阵喧闹声。很快就有人过来表示祝贺，这些人赶紧让道。对手党的领导大度地送来一大束鲜花，屋里立马弥漫开扑鼻的玫瑰花香气。有位著名足球运动员也来了，还有一位板球运动员。音乐家来了，电影明星佩戴着太阳镜也来了。一个花环被挂到比马拉·帕尔脖子上，接着又是一个，再一个，花瓣飘落到地板上，时而落到她的纱丽褶子上略作停留。

体育老师看着这喧闹的场面，吃了块糖果，笑得嘴都合不拢了。要是有人向他伸过手来，他就跟人握手。要是有人拥抱他，他就拍拍人的背。此刻的活力让他有些神志恍惚。他从未去过什么地方能像这里一样让人感觉身处宇宙中心。

体育老师想找个空地坐下来，这才注意到屋子里满是花束和花环。一位看起来有些疲惫的助理手里拿着水瓶，适时地往花瓣上洒点水，花瓣上水珠晶莹剔透。体育老师看到窗外的人越来越多，外面也愈发喧闹，不仅有摄像师，还有著名记者，大电视台的工作人员，附近的粉丝们，甚至还有一位喜剧演员。他们高喊欢呼。给比马拉·帕尔送来的小吃零食被不停地分发给了外面等候的人们。体育老师看着这些人，这些永远得在外面待着的普通人。

那天下午很晚的时候，这位即将上任的首席部长招手让体育老师进入她的小办公室。她随手关上了房门。

办公室里面，卷起的横幅斜靠在角落里，地板上放着旧台式电脑。比马拉·帕尔的座位是个豪华的皮椅子，上面盖了一条毛巾，一来保护皮椅，二来保持清洁。不过，这位新任首席部长却没坐着。她站在深色的木桌子前面。

"让你担任高级秘书，"她说，"你觉得怎么样？当然啦，是在教育部。这对你有好处。"

体育老师强压着不笑出来。他看起来一定很严肃。惨淡的灯光投射在这张大桌子上，墙壁上一个凹处摆放着神像，香气从熏香条那儿袅袅升起。这种房子晚上特别容易招飞虫和壁虎进来。在这间房子里，他的人生改变了。

"那些教师，"体育老师说的却是这句话，"他们投票了，对吧？我们对他们做的工作很成功。"

他已经学到了：成功者容易招来怨恨。因此得把成功的光芒从他身上转移开来，这是更明智的做法。不过比马拉·帕尔并不吃这一套。

"是你对他们做的工作。"她说，"别谦虚啊。政治上你可不能谦虚。"

体育老师笑了。

"觉得这个职位怎么样？"比马拉·帕尔问道。

"我非常乐意接受您说的这个职位，"体育老师回答道，"我准备好为众福党服务了。"

他转身要离开。他的心情放松下来了，身体也感到很轻快。在外面，他会快步走过那些沉醉于甜食里的糖浆的人，他们因知道自己新的重要性而飘飘然。他会从助理和实习生以及社交媒体团队的那帮年轻人身旁快步走过,不再需要记住他们的名字。在家里,当然要吃顿庆贺餐了,他会在吃饭过程中把这件事告诉妻子。他对此感到快乐。就在体育老师转动门把手之际,比马拉·帕尔又说话了。

"还有件事,"她说,"吉万,那个恐怖分子。在选民优先考虑的事情中她得票最多。"

"噢。"话题的突然转移让体育老师吃了一惊。他早该准备好的。

"这个问题不会凭空消失。"比马拉·帕尔摸了摸额头,一副很担心的样子,"必须得采取点措施了。公众对她的赦免申请这类玩意儿很不开心。"

"我做了证——"

"这就是我为什么告诉你这些。"比马拉·帕尔打断了体育老师的话。

"赦免申请是她的法律权利,所以我并不知道——"

"法律权利?政治上你要学的东西还太多啊。"比马拉·帕尔笑着说。

接下来,她的笑容消失了。她眼睛一眨不眨地盯着体育老师,直到后者刚才的那种放松情绪消失殆尽。

体育老师该怎么做已经显而易见。他吸了一口气开口了,急着想要缓和屋子里的紧张气氛:"有危险想法的往往不正是那些沉默不语的人吗？"

"也许是这样。"比马拉·帕尔说，"听着，如果我们一上台这个事情就有了结果，这将是我们的一场大胜利。"

体育老师心里明白，要是这个恐怖分子——哦，应该说是这桩恐怖分子案件——在他们的任期得到解决，这个政府将获得无尽的公众认可度。他们将为自己争取到时间去完成竞选期间做出的其他承诺。

"唯一的麻烦就是那个赦免申请。"比马拉·帕尔说，"看看对此你能做些什么？法庭已经做出裁决。人民希望看到正义。不管怎么说，"比马拉·帕尔笑了，"你最了解她，毕竟是你的学生嘛。"

爱儿

试镜的这天终于到了！我走在路上，拖鞋啪啪地响。我的心里在祈祷，拖鞋啊，今天请不要裂开。我的衬裙系得太低了，我的肚子上下抖动，不过没时间再去调整了。那个番石榴小贩又在那里。出于好玩，我问他几点了。

"上次你在电视采访里展示我的番石榴了吗？"他嘴里嘟哝着，"那我现在凭什么要告诉你几点了呢？"

我大笑起来，挥了挥手。我知道时间，我已经计划好了整个上午的时间，以便能坐上八点一刻的当地火车，前往妥莱贡吉区①。

"这是女士车厢。"一个阿姨冲我嚷道，"看不见还是怎么的？"

---

① 妥莱贡吉区 (Tollygunge)，位于印度加尔各答市。印度的电影产业主要集中在两个地区，一个是孟买 (Bombay) 的宝莱坞 (Bollywood)，另一个是加尔各答市妥莱贡吉区的托莱坞 (Tollywood)。

"请让开,夫人。"我礼貌地回应她,"我正要去另一节车厢。"

"噢!"她看清我的脸后说,"你不是——我看到过你,在——"

我从她身边挤过去。

到了妥莱贡吉区。我走在一排树下。在一棵树下面,一个男人在熨烫衣服,用的是烧煤的熨斗。另一棵树下,一个清洁工在清理路旁排水沟里的塑料袋。然后我看到一幢别墅,四周是洁净的白墙,墙上方盛开着粉红色的花朵。

大门外面,有个男人坐在塑料椅子上。他瘦得像一只蚂蚱,头发刚刚理过,直直地竖了起来。他看着我走近了,说道:"女士,今天不行,今天这里有试镜——"

"你这人真奇怪!"我立马数落了他,"我就是来试镜的!"

这人不知说什么好了。他的样子就好像老板会把他解雇了一般,但他就是不知该怎么拦住我。我看起来那么漂亮,我感觉那么自信。有人想在我前面设置个障碍,那又怎样?

进了大门,一幢白色大楼被一个小小的花园环抱其中。花园里有那么多花坛,还有那么多漂亮的长椅。但它们都空着,因为人们都喜欢空调房里的凉爽空气。

我推开那扇大木门,感到一股凉气扑面而来。再往里走,有一个大房间,里面摆放着五颜六色的沙发,坐在上面的人发型极为时尚。他们身上的香水气味混杂在一起，让我的鼻子颇为享受。玻璃隔板后面，有人在工作。墙上挂着一些镶框的电影海报。接待处是张大桌子，上面摆着一瓶花。后面的那个女士身穿西式服装，正在用座机打电话。

"请稍等。"她轻声对我说道，甚至还冲我笑了笑。

接下来，我来到一个地板锃亮的房间。我感觉自己不小心就会滑倒，摔个四脚朝天。索娜丽·汗上前拉住我的手。

"爱儿，"她说，"你能过来，我真的特别开心。你的视频打动了我这儿。"索娜丽·汗把手放在心口处，"我一直在看各种试镜视频。而你的呢？非常特别。"

"我们在想，"她开始说明情况，"对你来说，我这部《母爱知多少》中的这个角色或许合适。这部片子讲的是一位被社会污名化的单亲母亲，她是个海吉拉。她独自收养了一个孩子，打破了——我的意思是真的打破——全社会的规则。这位母亲凶狠残暴，但充满了爱。这是一个以自己的方式去生活的人。听我说，这部电影将会大获成功。我们需要一副新面孔，一位货真价实的天才。"

索娜丽·汗的话就像相爱时阿扎德给我的拥抱一样，就像满满一盆奶豆腐汤圆的糖水在我血管里流淌一样，就像德布纳斯先生接受我上他的表演课一样。这也像，当我们和全国人民一样晚上聚在一起看电视时，拉吉妮把手放在我的手里，我们大笑时的那种感觉。

"不过听着,"索娜丽·汗又说道,脑袋往前凑近了一些,"我的团队还有一点担忧,我们不希望出现负面新闻。你为那个恐怖分子做证——"

我看着地板,表现出羞愧的样子。"别担心,"我说,"她过去是我的邻居,不过现在我明白了,也许我从未真正了解她是什么人。"我的脸羞得发烫。

"很好。"索娜丽·汗说道,然后她用正常的声音继续说,"你那个扮演母亲的视频。哎呀!那种感觉!那种情绪!你眼神和嗓音里透出来的戏剧性!我说了:'有颗明星即将在此诞生,我们得把她叫过来。'"

之后,你能猜出来我的试镜表现如何了吧?

电影拍摄第一天,在摄影棚大门前,从司机到餐饮人员,从摄影师到导演,拍摄组全体人员都聚在一起,我们一同祈祷,然后敲碎一只椰子以祈求神的祝福。在我的一生中,大家都认为我跟神有直接联系,然而我自己知道真相,每次我呼叫女神的时候,她的电话总是忙线中。所以今天我深深地将头低下,请让我把今天的戏演好,请不要让我被踢出这部影片!

我的手包里装着口红以备万一。但祈祷之后,当我走进化妆车,我的眼睛一下子睁得像南瓜那么大。化妆车里有面大镜子,上面挂着一排排明亮的灯泡。柜台上面摆放着盒子，都打开了，里面有膏、粉饼、颜料、假发、小棉片、胶水和夹子。化妆师赫马满脸微笑，一边嘴里叫着我夫人，一边用柔软的棉片清洁我的脸。我闻到了一股薄荷味，就像口香糖的味道。发型师迪普缇在我头发上扯啊、系啊，这儿别上卡子，那儿喷上发胶。我"啊呜"了一声，她连忙说："噢，抱歉，夫人！"

"眼睛闭上，夫人。"赫马轻声说。镜子里的我看起来好像明星一般，我的眼睛闭得上吗？

摄影棚是个大货仓，不过现在里面什么也没存放，倒是地上到处都是电缆线。我小心翼翼地走在货仓里，留神不被脚下的电缆线绊倒。

"夫人！"有人冲我竖起了大拇指，是个拿着银色雨伞的男孩，"我看过你的视频！"

我对他笑了笑。

这间大摄影棚的那一头布置成了我梦中客厅的模样：一个沙发，地上许多绿植，墙壁上有好多画，桌上放了一杯茶。摄影师和导演让我一会儿坐这儿，一会儿坐那儿；一会儿站在这个角度，一会儿站在那个角度。我有点担心脸上的妆会花。

接下来，摄影棚里一片寂静，静得我都听到了有人抽鼻子的声音。

"安静！"有人喊道。

"开机!"有人喊道。

"开拍!"另一人喊道。

而我,在我的内心深处,变成了影片中的那位母亲,虽然那位儿童演员明天才到片场,我今天只是想象一下这个母亲的角色。我一生中期冀当母亲的每个瞬间,都被倾倒进他们让我讲的每句台词里。我幻想着这个孩子出现在我的眼前,我搂着这个可爱的小人儿。我的孩子,她是多么真实啊!

这个孩子长着一副吉万的面孔,那个穷人家的孩子,捐赠铅笔和课本的人。她一个人在黑暗的牢房里生活得怎么样?即便她本人没有感到架在脖子上的刀,我也能感到自己手里正握着那把刀。此刻,我的脸上涂着厚厚的浓妆,我的头发抹了发胶硬邦邦的,我明白了阿尔琼尼·玛对我讲的话的真正含义:在这个世界上,我们两人中只有一个人能真正自由,要么吉万,要么我。每天,我都在做选择,今天我也做了选择。

"闺女,"我直视着她的眼眸,告诉这个孩子,"永远不要听任何人对你说那些谎言。你从最宝贵的地方来。不是从我的子宫里来,不是的,是从我内心最深处的梦想里来。"

"过。"导演喊道。我走到摄像机后面,看到了那台小电视上正在播放我的镜头。我边走边说:"劳驾,请让一下。"穿过了围在那里的十几个人。

他们都在抹眼泪。

那天拍完了,我们在收拾东西。这时,索娜丽·汗过来找我。她拉着我的手说:"爱儿,你将成为下一位印度大明星,等着瞧吧!"

然后,她递给我一个信封,告诉我回家再打开。

在火车上,我吃了贾穆里[①]来庆祝,舌头感受着松脆的膨化米和黄瓜丁。我走过番石榴摊旁,又转过身来。头一次,我对小贩说:"给我三个好的!"

他抬起头来,看到新顾客时,简直要心脏病发作了。

"没错,是我!"我说,"我在拍电影,所以得保持身材!我打算吃水果啦!"

回到家,我一边吃着清洗干净的番石榴,一边打开了索娜丽·汗给我的信封。里面放着一张我在片场的剧照,照片很大,反射着亮光。

我找到透明胶,用牙咬断,然后把这张照片贴在沙鲁克·汗和普里扬卡·乔普拉的海报旁边。照片里,爱儿——我本人——头发做了造型,还化了妆,正在索娜丽·汗的电影中,冲着镜头说台词呢。

这位超级新星,整个国家还不认识她。而我,我认识她。

---

① 贾穆里 (Jhalmuri),即穆里,印度街头小吃,详见第45页脚注。

体育老师

早晨伊始，一轮红日冉冉升起，阳光从窗帘里溜进来，照到体育老师的眼睛上。这天早上跟其他早上并无二致，然而又完全不同。今天是体育老师在政府部门上任，担任教育部秘书一职的第一天。

体育老师一直在家里磨蹭到不能再拖了，才冲向他的新办公室。这座城市已经完全醒来。成群结队的女学生在他车前穿过马路，有的还手拉手。她们身穿熨烫得服服帖帖的百褶裙，大声欢笑。看到眼前这幅景象，体育老师有些触动，这让他想起了自己从前的身份。街边有个摊位在叫卖面条，摊位前面有个男孩在用路边排水沟里的草木灰擦洗盘碟。一条流浪狗向前跑去，再也打扰不到车里的这个男人。

邦政府大楼安有金属探测仪的门前，缠头巾的卫兵向体育老师敬礼。他心里在想这些卫兵知不知道他是何人，还是说只要是开着政府配备的白色大使牌轿车的人进来，他们都会敬礼。有个卫兵带他去了贵宾专用电梯。体育老师站在缓缓上升的电梯厢里，心像敲鼓般咚咚地跳个不停。他对着闪闪发亮的金属电梯门仔细看了看自己的脸。他有可能在大楼里撞到各色各样的贵宾呢，从游说者到实业家到电影明星，这些人都曾经小心谨慎地造访过这幢大楼。

在七楼走廊里，体育老师从一位清洁女工身旁路过，此刻她正坐在脚垫上用湿抹布擦地，手摆出好大的弧度。体育老师走过的时候，她甚至都没抬起头来看他一眼。

体育老师拿着一把崭新的钥匙，拧开了自己新办公室的房门。房间很小，里面没有窗子。体育老师随手关上房门，坐在一个椅背高高的皮椅子上。在他的重压下，椅子令人愉快地倾斜了起来。这个椅子还能滑动，而且轮子不会卡住。体育老师就这样坐了好几分钟，手指不时地敲打几下面前抛光得亮晶晶的大块木头。除了一台台式电脑和一包铅笔——这有点令人不解——之外，桌上别无他物。桌子崭新崭新的，很讨体育老师喜欢。

体育老师知道自己该做什么。他得介入吉万的赦免申请一事，然后以新政府一员的身份，建议驳回申请。这个罪犯不容赦免。法庭做出的死刑裁决应该立即执行，将纳税人的负担降到最低。

只有一个障碍：赦免申请在那个姑娘的律师手里。

体育老师拿起手机,摁下了号码。

"先生!"戈宾德对着手机说道,一只胳膊肘支着床坐起身来。他的声音里透着浓浓的睡意。电话那头是体育老师。他在一个早得出奇的时间打来电话,问候了戈宾德的妻子和父母后,还问了他最近有没有看电视上的板球比赛。

"电视,先生。"戈宾德哼哼着说,"您说的这些……我可是一分钟都没在沙发上坐下来过啊。这个案子占据了一切,一切。您也看到了,我的委托人的裁决,真是灾难。"

于是体育老师开始了他的工作。

"比马拉·帕尔跟我说,"他平静地开始了,"哦,你知道她跟我说了什么吗?她说:'那个戈宾德是个勤奋的人。'她看到了。我看到了。我们都看到了你为此所做的工作。我打电话就是想告诉你这一点。你是个有正义感的人,你在为那个姑娘辩护,当然,那是你的工作。"

戈宾德说:"先生,您真是太好了,打电话告诉我这些。"

"但是我觉得,"体育老师接着说,"我们都知道发生了什么事情。"

戈宾德那头没有说话。接着他说:"我们知道吗,先生?"

体育老师笑起来。他看着关闭的房门,又看向天花板上的通气口，那是为了让他舒适而送进凉爽空气的出口。从不知何处——甚至连他自己也不太确定——体育老师获得了政治家的人格面具。这种笑可不是他本身就有的东西。"有原则的人。"他说，"我喜欢这一点。"

"听着，戈宾德。"体育老师深深地呼了一口气，然后接着往下说，声音里已经没有了那种笑意，"对于这个案件，正义必须得到伸张。你这么想，我也这么想，才有了那么长时间的审判，还有赦免申请。这些我都非常钦佩，请相信我。但是法庭已经证明这个姑娘有罪。谁也没有——"他的声音柔和下来，"谁也没有我这么悲伤。她曾经是我的学生。我看到过她的潜力。"

戈宾德在电话里喘着粗气。他还是刚才待在床上的那种尴尬姿势，害怕一动就会有床单的沙沙声，脚步声，还可能错过电话里的任何一句话。

"我想说的是，要是在所有这些之后，赦免申请被搁置，一个月又一个月过去了，还是没有什么结果，那真是件丢人的事。你不觉得是这样吗？"

体育老师往后靠了靠。椅子很听话，也跟着倾斜了。体育老师跟比马拉·帕尔学会了不要马上说话，要保持稍长一点的沉默。时间在滴答滴答向前走。他感到电话那端的人在揣摩他刚才说的话。戈宾德非常谨慎地说："确实是这样，这类申请可能会花很长时间。"

"那这样，"体育老师宣布说，"你把赦免申请交给我吧。我会加快步伐。我现在所处的位置可以加快案子的步伐，我可以说上话。我们想要快捷的公义，我要说的就是这些。出现什么后果并不由我控制，但让公众等下去并不好。这会让我们的新政府看起来——"

体育老师伸出一只手，意思是他不知道，虽然戈宾德并不能看到他的手势。

"我叫个人去取吧。"体育老师接着说，"他会到你那儿取文件。你为此费心，我们当然会送你份小礼物，以表达对你这个案子付出辛劳的感谢。你不用告诉我，我也知道你为这份工作做出的牺牲，牺牲了陪家人的时间，跟孩子在一起的时间。你有个女儿吧，戈宾德？她不想爸爸多陪她些时光吗，也许明年休个假？"

"好的，先生。"戈宾德答应了。他不确定这是否是自己的主动选择。

吉万

乌玛夫人说:"瞧瞧谁来了。"

谁来了?我把睡意从眼睛里揉去,理顺后脑勺乱糟糟的头发。一股烟味飘进了屋里。手指头上的宝石一闪一闪的。我站起身来。我的脑袋离地面那么远,感觉有些飘忽。

我的律师戈宾德满脸悲伤地看着我。他深深吸了口气,我能听得见。

"我怎么说呢?这个案子已经被政治化了。这甚至都不是你个人的事了。赦免申请的事我很抱歉。我真的不知道他们会驳回。"

"你跟我说过他们会放我走。"我说,"记得吧?你跟我说过我还年轻,我在那封信里承诺要当一名老师,为国家服务,为国家献身,哪里都可以。这些我都写在了信里面。到底发生什么事了?"

"告诉我,"戈宾德停顿了一下,说道,"你在这里吃得饱吗？你想每天打电话吗？我可以想办法给你带些杂志什么的来读读。要不要个毛毯？晚上这里冷吧？"

"我……"好一会儿，我才说话，声音沙哑。如果现在是早上的话，我一晚上都没喝水；现在是晚上的话，那我就一整天都没喝水。

然后我开口说话了。

"我冷吗？"我说。

"吃得饱吗？"我啐了一口唾沫。

"读读杂志？"我尖叫起来。

"住口！"乌玛夫人厉声喊道。

戈宾德看着我的脸。我瘦小的身子裹在黄色夏瓦尔克米兹里面，这让人想起太阳的颜色。很快，这个颜色将会渐渐消逝。

律师看着乌玛夫人，她此刻就站在门外面，摆弄着手里的锁头和钥匙。她冲我皱了皱眉头。

"赦免申请被驳回，真是没什么可做的了。"他说。

"别把我当傻子。"我喊叫起来。我不知道自己为什么喊叫。我是能发出声音的，我提醒了自己。这就是我的声音。它低沉而有力。它吓了对面的人一跳。"这个国家需要惩罚人。"我跟他说，"我就是那个人。"

"这个毛毯看着很薄。"戈宾德说，他的声音里有些退怯之意，"什么东西能让你舒服点？也许好一点的毛毯。"

"毛毯?"我说,"毛毯?"

我想脱下拖鞋,使劲打他的脑袋。他就像厕所的蟑螂那么坏。

"你要是不打算帮我,就算了!我会写一百封信。我有时间。"我又喊叫起来,"我有时间。"

一群苍蝇从一堆东西里飞了起来——那是我拉的屎吗?下水道又堵了。夜已经这么深了,还有人走来走去。光脚走在地板上的声音很轻,传到了我警觉的耳朵里。"乌玛夫人!"我说道,很高兴她过来了,"是你!"

然而她并没有回应。

也许是只老鼠。

一天两次,看守——另一个看守——打开牢门,推进来一个盘子。盘子上放着飞饼和小扁豆,水一样的汤里漂浮着茴香籽,也许是脏东西,看不出来是什么。

"现在谁在做飞饼?"我问道,她没有答话。"从前这是我干的活。我是做飞饼的人。"

令人作呕的感觉从某人身上滚滚涌来——那人是我吗?——但最后我还是吃了,我的后背和胳膊肘在起作用。

好长时间过去了,我才要到一个笔记本和一支笔。笔里的墨水已经干了,我舔了舔笔尖,让那蓝色的东西流动起来。

在学校里,我学会了写字。我把笔记本放在地上,像祈祷时那样跪下来,然后开始写:

尊敬的首席部长比马拉·帕尔夫人:

我恭敬地给您写这封信,是关于我的赦免申请(BL9083-A),恳请您的办公室把我的申请再次递交给德里的部长会议。您知道,起诉我的证据都是间接证据。我是无辜的。我是住在科拉巴干贫民区,但我跟火车站袭击案没有丝毫关系。要是我能被赦免,我愿意为国家服务一辈子。我的目标是当一名老师,教那些贫困的孩子英语。如果我不在了,我可怜的父母将一无所有。我是他们唯一的孩子。

您忠实的国民

我在等待那封信的回复,我跟那封信一起在充满希望的卡车里。

我跟那封信一起在火车上,外面是稻田。

我跟那封信一起在天空中,在一架飞机上,飞机里有富人在吃巧克力。

然而那封信落到了一张漠不关心的桌子上。

一天天过去了。一周周过去了。也许部长的助理瞟了一眼，再没别的。也许他们周围堆满从监狱里寄出来的众多信件。

我不就是众人之一吗？

我的笔变得衰弱无力。

文字有什么用？没有大用。

这周我妈妈没有过来。我一个人等着，舔着手掌里的膨化米，等着乌玛夫人来接我。我听着头顶楼房里传来的大声说话声，声音升起又平息下来，一小时能有一百场谈话。

来访者的喧闹声消失后，我听到外面有修理东西的声音，听起来好像是铁锹在刮墙的另一面。接下来，发生了一件极棒的事。一个烟头大小的洞出现在一堵高墙上。我看见了阳光。喜悦之中，我用手拍着墙壁。

然而，我的拍打没有发出一点声音。这堵墙高高地在我头顶，冷冰冰的，又满是轻软的绿藻。铁锹声终于停了下来，修理工走了，给我留下了这份礼物。

小洞里透出的光线提醒我什么时候是早上。既然我知道是早上了，就练起了瑜伽，这是好早以前在学校学的，在下雨天的时候。但我的身体不配合，就像一块混凝土紧紧粘在地板上。我的胳膊也没有一点柔韧性了，就像小树枝一样，随时可以折断。我往下看，我的双腿干得起了皮屑，皮肤白白的，没有血色，但也不愿意脱落。

乌玛夫人过来的时候，天色还早。她让我洗澡。

"我妈妈来了吗？"我问道。

我缓缓地起身，膝盖嘎吱嘎吱响。我在等着她厉声呵斥我，不过她没有。她轻声告诉我去浴室洗个澡。

噢，洗个澡。我跟着她走进浴室。这是个极宽阔的房间，墙壁和地板都因为多年累积下来的污物而发黄了。那里放着一桶水，里面漂浮着一个塑料缸子。

乌玛夫人站在门口，等着我脱下衣服。她会一直站在那儿，要是她发点善心的话，会背对着我。

"你有没有收到……"我问她，"信件？"

从前她会这样说："没有！没有信件！我不是已经跟你说过好多次了吗？"

今天她沉默地摇了摇头。

我把衣服扔到门口外面的地板上，以免弄湿了。浴室里，我蹲在水桶旁边。我闻到了自己身上的味道。我扬起一缸子水倒到头顶，水滴落到我那油乎乎的头发里，都没把头发弄湿。水很凉。我身上起了鸡皮疙瘩。我感到一阵微风，过去不知道这里会有风。

又一缸子水，一缸接一缸。

我想起来小时候在村里洗澡的情形。那是在池塘里，四周环绕着高高的树。我妈妈会摁住我的头,将它浸入绿色的水里,我的身子周围都是肥皂沫。我们那时用的肥皂被她打得薄薄的。现在这块也是。这个是银色的,我攥得很紧,要不然它会滑落下来,在地板上快速地打着转儿。

我擦干身子,穿好衣服。乌玛夫人等我自己走出浴室,没人抓着我。门是开着的。我迈步出去。她锁上门,我们就站在了走廊上。

我本可以成为这个世界上的普通人。妈妈,我本可以上大学,那种城市大学,学校里与我年龄相仿的女学生坐在树下读书、学习、辩论,跟男孩开玩笑。我在电影里看到的就是这样。

我也本可以把我的残羹剩饭给那些流浪狗。本可以拥有怀旧的校园角落,走廊上的浪漫恋情。本可以学文学,可以说一口流利的英语。要是您在街上遇到我,妈妈,可能都认不出我来!妈妈,您可能会以为我是哪个富家姑娘。

Hang 的过去式是 Hung

除非被绞死（being hung）的是个人，这种情况下使用 hanged。国家总统①驳回了吉万的赦免申请，那天早上，逗留在监狱大墙外面的记者们还没来得及把手里的烟蒂扔到脚底下踩灭，问一问发生了什么事，吉万就被从牢房带到了院子里。一看到那个台子，还有那根粗得足以把船拖上岸的绳子，她就瘫倒了。旁边有个助手连忙抓住她。这人等在那儿就是为了扶她呢。在他的怀里，吉万的身子就像一个沙袋。

吉万恢复过来，院子里光线亮得惊人，她有一分钟时间最后说几句话。她舔了舔嘴巴，咽了下口水，一只冰凉的手掌在克米兹上擦了擦。"我妈妈在哪里？"她问道，"我爸爸在哪里？"

---
① 印度总统是印度的国家元首及第一公民，也是印度武装部队的最高统帅。理论上，总统拥有很多权力，但赋予总统的许多权力由印度总理领导下的部长会议行使。

她疯狂地看向四周。

"你们犯了个大错。"她说道，声音在撕裂，"部长夫人，比马拉夫人，看看我的信。拜托，你拿到我的信了吗？"

他们不在这里。除了几个狱监，没有其他人在这里。

吉万被执行了绞刑。在监狱里，她的头发长得乱蓬蓬的，此刻扑散在她的脸上，一直垂落到腰部。那个执行者的腋窝渗出点点汗珠，他甩了甩胳膊放松压力。有个医生站在旁边，手里拿着一个看起来像收据簿的东西，在上面记录下了死亡时间。接下来，一个文员走到里面，发了封特快信通知吉万的直系亲属——住在科拉巴干贫民区的妈妈，说她的女儿已被本邦处决。

吉万

妈妈,您悲伤吗?

我知道我会回到您身边。您坐在炉边烤飞饼的时候,我就是上方飘动的树叶。我就是漂浮的云彩,为您遮蔽成日的阳光。我就是那响雷,在洪水淹没房子之前把您唤醒。

我会回到您身边。在您去集市的路上,我就是地上的脚印。晚上,您闭上眼睛睡觉的时候,我就在床铺的印记中现身。

体育老师

新公寓的灯镶嵌在天花板里面。一位助理在阳台上摆满了盆栽植物。体育老师谢绝了在客厅和客卧里安装空调，但同意在主卧里安装一台窗式空调。他掩饰不住内心的喜悦，以后睡觉醒来时再也不会像个农民那样满身淌汗了。

他意识到自己现在就住在芭丽甘知的顶层公寓里，一杯热茶放在栏杆上。芭丽甘知是城里一处优美的中上阶层住宅区。

看起来，给体育老师涨薪水的合适时机已经到了。此外，确实，教育机构偶尔会给他送个小礼物，作为他及时延长他们执照和许可证期限的回报。

有时候他们做得有些过火。一个私立大学请体育老师和妻子在新加坡的一幢独立别墅里度假一周，所有费用全包。尽管不甚乐意，体育老师还是慎重考虑了一下。然后他婉言谢绝了。

谁也不能说体育老师不是一个有道德之人。

在火车站附近的那块田地里，体育老师第一次见到凯蒂·班纳吉和比马拉·帕尔，当时他还只是一名普通教师。现在又有上千人在那里等待。田地里站满了人。田地的边界由灯光标识出来，这些灯把即将到来的黄昏变成了白昼。灯光下，到处都是成排的冰激凌小车，兜售的当然是橙子冰激凌和香草杯，乱哄哄的。体育老师离得太远，看不到远处的抗议者，也听不清远处说的是什么，虽然他已得到通知说这些人在那里。他们都是大学生，举着上面写有"为吉万讨公道"的旗帜。

体育老师站在舞台上，面前是一个话筒，高出下面的人群一大截儿。他合掌，然后继续讲话。"人民呼吁把恐怖分子送上法庭，"他说，"要求把这个案子快点了结。瞧瞧你们的执政党的处理！你们见过哪个政府如此关注人民的意愿吗？你们见过哪个政府要求法院快速推动案子的司法程序吗？"

体育老师接着往下讲。

人群中有人皱起了眉头。这些人当中，有的朝他这个方向望过来，有的被边上一圈电视摄像机分散了注意力。有个女人站在那儿，看着体育老师。她没注意到有个挎着一篮子炸薯条、从人群中挤过去的男人，也没注意到她旁边双臂交叉、肘部抵着她的男人。一阵微风吹过，她的围巾也没有掀起一丝波纹，就是她为保持庄重想要戴着，而不被容许的那条围巾。

体育老师知道她是何人。她不就是那个祈求赦免的鬼魂吗？她不就是那个寻求老师的眼神希望他能救她的鬼魂吗？也许这就是他们在法庭上挂上白帘子的缘故，并不是因为担心吉万会影响他的证词，而是因为他不用面对她。

体育老师的嘴巴在讲话，但眼睛仍然紧紧盯着她的眼睛。

"善战胜恶就是一个信号！它预示着众福党是一个倾听人民声音的政党。是信守诺言的政党！"

人群沸腾了。人们吹起口哨，大笑起来。人们高举旗帜挥动起来。一个人给抬到了另一人的肩膀上，有几台摄像机转过来捕捉这一画面。

体育老师环顾人群，嘴唇扬起了一丝笑容。他又找她，却没看见。田地的飞尘让他的嗓子发痒。体育老师用手捂住嘴，往后退了一步，离话筒远一点，然后咳了几声。他拿起地上的一个水瓶，喝了一口凉水。那种懊恼顿时不见了。

体育老师再开口讲话的时候，声音里透出了勇气，他本人也有了勇气。瞧瞧这些全神贯注的人们，瞧瞧聚集在他面前的公众。他站在比马拉·帕尔不久前站立的地方，公众在吸收他的话。

讲话结束的时候，体育老师在台上差点没站住。他抓着话筒，整个人好像被田地里的风和电线里的电流所控制。人群散了。人们上了公交车，车里满满的人，有人站在敞开的车门口，回到他们那个一整年的骄傲就是添置一台新冰箱的家里。他们在田地里弯腰耕作，种出来的庄稼卖两卢比，而到了城里就能卖到四十卢比。他们站在路边，沿街叫卖一摞摞一洗就破的餐具。他们做木匠活，在建筑工地干活，打扫卫生间。工作之后休息半天的时候，他们会去电影院，睁大眼睛看着那儿上演的影片。这个时候，在政府办公室的专用电梯里，体育老师正乘梯层层高升。

致谢

这本书能够到你们手中,离不开埃里克·西蒙诺夫和乔丹·帕夫林的不懈努力与信念。能够有他们为此书注入创造力、才华,是我梦寐以求的结果,也是我的荣幸。是他们的慷慨之心影响、形塑了这本书。我还要向杰出的加布丽埃勒·布鲁克斯致以无限的谢意,她接手并给予了这本书大力支持,让我感到惊叹。

我最诚挚的感谢与赞美要献给以下这些可靠而明智的人:杰茜卡·斯皮茨,泰勒·龙德维特,尼古拉斯·汤姆森和德米特里斯·帕帕迪米特洛珀罗斯。他们协助了埃里克、乔丹和加布丽埃勒,为这本书付出了大量时间与心血。

我希望桑尼·梅塔知道他的祝福对我有多重要。我珍视对他的怀念。

我要向露丝·利布曼,保罗·博加兹,尼古拉斯·拉蒂默和埃米莉·墨菲致以敬意,他们都是我的偶像,感谢他们的支持，感谢他们为这本书尽心尽力、默默付出。千言万语都不足以表达我的感激之情。

感谢金·香农在我第一次签售时提供的专业而友好的指导。

感谢泰勒·科姆里设计出这无与伦比的封面。

我知道，一本书的诞生要归功于许许多多人的细致审读、创造力和辛勤工作。我要感谢WME团队，尤其是菲奥娜·贝尔德，劳拉·邦纳和劳伦·罗戈夫。还要感谢Knopf团队，尤其是埃伦·费尔德曼和拉腊·潘。谢谢你们。

诚挚感谢我在Catapult的同事和导师，尤其是见识卓远的安迪·亨特，帕特·斯特罗恩，乔纳森·李和妮科尔·钟，他们打造了一个充满信任与创造力的工作环境，一个鼓励作家、诗人和艺术家的工作环境。感谢你们的鼎力支持。

感谢我的引路人，凯蒂·拉伊西安，马克·克罗托夫，阿兰·梅森，詹姆斯·米德和彼得·约瑟夫，他们让我成为文学社区的一员，让我和其他许多人得到了成长提升。

我要向我的老师们表示无尽的感谢，尤其是在美国教导了我的埃米·亨普尔，林恩·斯蒂格·斯特朗，科拉姆·麦卡恩，彼得·凯里，内森·恩兰德，维娜·达斯和阿南德·潘迪恩，还有在加尔各答Ashok Hall的所有人，尤其是贾纳·甘古利，查塔里·森，马姆塔·乔普拉和桑吉塔·班纳吉。

我要将我的爱与感激献给卡罗琳·布里克，感谢她无与伦比的善良、智慧和坚定友谊。她的信念多年来一直鼓舞着我。这本书的很大一部分是在卡罗琳家客厅里的宁静氛围中写就的。我永远不会忘记。

我也要将我的爱和感激献给劳拉·普雷斯顿,她开创性的写作激励了我在作品中触及更广阔的复杂性。我们的双人研讨会为我提供了所需要的一切。正是劳拉的慷慨让这本书愈渐丰满。

万分感谢朱莉娅·费尔斯通和珍妮·沈阅读初稿,感谢她们的独到见解与巨大热情。非常感谢马克·基乌萨诺给我的鼓励与建议。

向我的朋友埃玛·麦克格伦南,亚历克斯·普里米亚尼,莎伦·王,玛丽亚·夏,凯蒂·文,马胡姆·萨比尔,斯瑞亚·比斯瓦斯,里希卡·蒂和安妮莎·普拉马尼克献上我的爱和感激。

向比阿特丽克斯·拉比科娃,卢多维特·拉比克,贝亚·拉比科娃,拉斐尔·罗特和哈利娜·拉比科娃献上我的爱和感激。我非常幸运。

此次书写是为了铭记并紧紧拥抱我挚爱的祖父母,是他们教我保持好奇心、善良,以及对书籍的尊重。

我要把我所有的爱都献给我的母亲和父亲,苏查丽达·马宗达和帕塔·马宗达,他们教我努力工作,严于律己,心怀梦想;献给我的姐姐罗丝尼·马宗达,我深深钦佩她所拥有的幽默感、驱动力和无论所到何处都能建立起社群的能力。

  我要把所有的爱都献给我的丈夫迈克尔·拉比克，感谢他对这本书初稿的精彩点评，他在所有困难、平凡、快乐之事上都是我真正的伙伴，感谢他给予我的伟大友谊。和迈克尔在一起的时光是这世上最美好的事情。我非常感激。

图书在版编目（CIP）数据

有人想要你的影子 /（印）梅加·马宗达著；杨彩霞译. -- 海口：南海出版公司，2024.3
书名原文：A Burning
ISBN 978-7-5735-0563-7

Ⅰ.①有… Ⅱ.①梅… ②杨… Ⅲ.①长篇小说-印度-现代 Ⅳ.①I351.45

中国国家版本馆CIP数据核字(2023)第138775号

著作权合同登记号　图字：30-2023-084

有人想要你的影子
〔印〕梅加·马宗达 著
杨彩霞 译

出　版	南海出版公司　(0898)66568511
	海口市海秀中路51号星华大厦五楼　邮编570206
发　行	新经典发行有限公司
	电话(010)68423599　邮箱 editor@readinglife.com
经　销	新华书店
责任编辑	侯明明
特邀编辑	殷秋娟子　刘悦慈
营销编辑	宋　敏　赵倩迪　游艳青
装帧设计	韩　笑
内文制作	贾一帆
印　刷	河北鹏润印刷有限公司
开　本	850毫米×1092毫米　1/32
印　张	9.5
字　数	174千
版　次	2024年3月第1版
印　次	2024年3月第1次印刷
书　号	ISBN 978-7-5735-0563-7
定　价	59.00元

版权所有，侵权必究
如有印装质量问题，请发邮件至 zhiliang@readinglife.com

A Burning by Megha Majumdar
Copyright © 2020 by Megha Majumdar
This edition is arranged with William Morris Endeavor Entertainment, LLC.
through Andrew Nurnberg Associates International Limited
Simplified Chinese edition © 2024, Thinkingdom Media Group Limited.
All rights reserved.